사막 고래

사막 고래

초판 1쇄 2024년 3월 25일
초판 2쇄 2024년 12월 1일

글쓴이 | 박경희

펴낸곳 | 도서출판 단비
펴낸이 | 김준연
편 집 | 최유정

등 록 | 2003년 3월 24일(제2012-000149호)
주 소 | 경기도 고양시 일산서구 고양대로 724-17, 304동 2503호(일산동, 산들마을)
전 화 | 02-322-0268
팩 스 | 02-322-0271
전자우편 | rainwelcome@hanmail.net

ISBN 979-11-6350-112-1 43810
978-89-967987-4-3 (세트)

값 13,000원

사막 고래

박경희 장편소설

차례

콜라보 …… 7
수호 …… 21
은우 …… 31
나은 …… 47
나침반 선생님 …… 60
남방바람꽃 …… 72
유주 …… 84
새벽 물안개 …… 95
검은 열쇠꾸러미 …… 103
흐트러진 꽃잎 …… 115
유혹 …… 129
탄원서 …… 149
사막 여행 …… 160
서아프리카 시에라리온 …… 176
다이아몬드 캐는 아이 …… 185
고래들의 합창 …… 204

작가의 말 …… 216

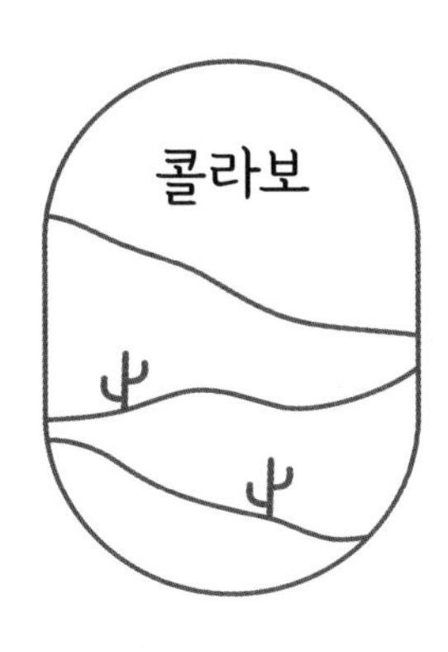

아침 햇살에 비친 눈들이 보석처럼 반짝였다. 뽀드득. 유주는 밤새 내린 눈 밟는 소리에 귀 기울이며 걸었다. 강당 입구에 걸린 현수막을 몽롱한 눈빛으로 바라보았다.

〈날개학교 제1회 입학식〉

분홍색 바탕에 검은색으로 돌출된 문구를 보자 절로 콧등이 찡했다. 그렇다고 감격스럽거나 새 생활에 대한 기대감이 넘친다는 말은 아니다.

'여기라고 일반 학교와 특별히 다를까? 기대는 말자. 기대한 만큼 실망도 클 테니.'

유주는 내면의 소용돌이를 드러내지 않으려 일부러 적극적으로 나섰다. 지난 밤 늦게까지 친구들과 강당을 꾸밀 때도 앞장섰다. 유주는 꼼꼼히 작업했던 것들을 살폈다. 중앙 통로에 빨강, 노랑, 파랑 풍선으로 알록달록 만든 꽃길이 축제 분위기를 물씬 풍겼다. 손님이 앉을 의자에 오색 리본을 묶은 것도 마음에 들었다. 무대 중앙 위의 탁자에 꽃병을 놓던 나은이 유주와 눈이 마주치자 윙크를 했다.

"역시 우리가 한 달간 합숙한 보람이 있어. 입학식 행사를 학생들이 모두 맡아서 하는 학교는 여기밖에 없을 거야. 엑설런트! 완전 멋져!"

나은이 한 손을 높이 쳐들며 외쳤다. 청머루처럼 톡 쏘는 목소리가 매력적이다. 유주는 유쾌 발랄한 나은이 처음부터 마음에 들었다.

"일찍들 나왔구나. 어제 늦게까지 연습하는 것 같던데…. 강당 디스플레이도 멋지고. 대단한 인재들이야. 헛허."

호탕한 웃음의 주인공 나침반 선생님이 강당 안으로 들어왔다. 평소 청바지 차림이던 선생님이 감색 개량 한복을 입은 모습이 영 낯설다.

"쌤. 폭설 때문에 학부모님들이 못 오시면 어떡해용? 히잉!"

나은이 나침반 선생님 앞에서 콧소리 섞인 애교를 부렸다.

"음… 너희를 여기까지 보내신 부모님들이라면 날아서라도 올 거다. 미리 걱정은 금물! 그냥 물 흐르듯 편하게!"

"그냥 물 흐르듯 편하게."

학생들이 나침반 선생님의 구수한 말투를 합창하듯 따라 했다.

"역시 나침반 쌤, 짱!!"

나은이 손뼉을 치며 소리쳤다. 다른 아이들도 덩달아 장단을 맞추며 좋아했다. 잠시 후, 강당 안으로 남학생들이 우르르 몰려왔다.

"니들은 이제야 오는 거냐? 여학생들은 새벽부터 나와 준비 중인데…. 어서 정문 앞 눈 좀 말끔히 치워라. 손님들 닥치기 전에."

말을 마친 나침반 선생님은 앞서 교문 앞으로 갔다. 대여섯 명의 남학생들이 선생님의 뒤를 따랐다. 기숙사 정문 앞에 있던 누렁이 두 마리도 겅중거리며 뒤를 쫓았다. 혼자 눈을 치우던 지킴이 아저씨가 기다렸다는 듯 남학생들에게 빗자루를 넘겼다. 나침반 선생님과 남학생들은 운동장 바닥의 흙이 보일 정도로 박박 눈을 쓸었다. 운동장 한가운데 쌓인 눈 더미 위에서는 누렁이 한 쌍이 술래잡기를 하며 신나게 놀았다. 눈을 치우다 잠시 허리를 펴던 남학생들이 강아지를 툭툭 치며 장난쳤다. 곧이어 자동차들이 교문 안으로 들어왔다. 빗자루를 든 남학생들이 호텔 보이처럼 정중한 자세로 인사했다. 몇몇 여학생들이 달려나와 손님들을 강당으로 모셨다. 환한 미소로 손님을 맞는 나은의 모습이 눈꽃처럼 빛났다. 유주는 남의 잔치에 온 손님처럼 우두커니 서서 나은을 보며 생각했다.

'나은은 오래된 셔츠를 입은 것처럼 편안해 보이네… 난 여기도 내가 설 자리 같지 않아 낯선데…. 난 언제까지 아웃사이더로 살아야 하나….'

유주가 멍하니 서 생각에 잠겨 있는 사이, 학교 운동장은 순식간에 주차장으로 변했다. 대부분 외부 손님들이었다. 유주는 아빠의 차를 찾았지만 눈에 보이지 않았다. 모두 강당으로 들어서려는 순간, 갈색 지프 한 대가 들어섰다. 급하게 차에서 내린 여자는 럭셔리한 차림만큼 화려해 보였다.

"아이쿠. 우리 꼭끼(꼭 껴안다의 속어)… 안 본 사이에 허벌나게 커 버렸구먼. 입학 축하해!"

청재킷에 독특한 유럽풍 롱부츠를 신은 여자가 나은을 끌어안으며 소리쳤다. 나은도 외국 영화에서처럼 엄마와 뜨겁게 포옹을 했다. 나은 엄마는 열일곱 살짜리 딸을 둔 엄마라는 게 믿어지지 않을 만큼 동안이었다. 나은은 젊고 멋진 엄마가 자랑스러운 듯, 어깨동무를 하며 강당 안으로 들어갔다. 유주는 자매같이 다정한 모녀의 뒷모습을 부러운 눈길로 바라보았다.

유주는 엄마와 친밀하지 못한 편이다. 오히려 아빠와 더 잘 통했다. 일반 학교에 자퇴서를 낸 뒤, 아빠와 오지 여행을 하면서 더욱 친밀해졌다. 유주는 아빠의 차가 보이나 싶어 교문 밖을 내다보았다. 빗자루를 들고 열심히 눈을 치우던 은우와 눈이 마주쳤다. 가슴이 울렁거렸다. 은우는 반대표답게 리허설은 물론 모든 일에 앞장섰다. 그것도 말없이 끝까지. 유주는 그런 은우에게 은근히 관심이 갔다. 하얀 눈길을 걸으며 많은 이야기를 나누고 싶을 만큼.

"왜 거기 서 있어. 혼자!"

은우는 빗자루를 든 채 유주에게 말했다.

"음… 그냥… 오늘 행사 잘 마칠 수 있을까? 좀 걱정이 되네."

유주는 속내를 들킨 것 같아 딴소리를 했다.

"잘될 거야. 우리가 뭐 프론가. 그냥 편하게! 편하게!"

은우가 나침반 선생님 특유의 목소리를 흉내 냈다. 유주가 동감한다는 뜻으로 엄지손가락을 들어 올렸다. 은우가 씩, 웃으며 강당으로 들어갔다.

큰 북소리와 함께 행사가 시작되었다. 깡마른 몸매에 긴 치마를 입은 교장 선생님이 머리가 땅에 닿도록 인사를 했다. 길고 지루한 인사말이 이어졌다. 유주의 머릿속에서 뽁뽁이 터지는 소리가 들렸다.

'대안학교는 일반 학교와 다를 줄 알았는데….'

유주는 심드렁한 얼굴로 교장 선생님의 연설이 끝나길 기다렸다. 다른 아이들도 지루한 표정이 역력했다. 살짝 졸음 귀신이 왕림할 찰나에, 교장 선생님의 목소리가 강당 안에 우렁우렁 울려 퍼졌다.

"날개학교 개교식에 참석해 주셔서 감사합니다. 날개학교는 특별한 학교가 될 것입니다. 두물머리가 보이는 언덕 위에 학교를 세운 이유가 있습니다. 남한강과 북한강이 두물머리에서 만나 하나가 되듯, 날개학교에는 전혀 다른 환경과 개성이 다른 아이들이 모여 빛을 발하는 학교가 될 것입니다. 결코 패배자나 문제아들의 집결소가 아니라는 말입니다. 오늘 이 자리에 모인 신입생들에게 멋진 날개를 달아 주는 것이 저희 학교의 설립 목적입니다."

교장 선생님이 웅변하듯 간절한 목소리로 외쳤다. 차림새와는 달리 목소리는 청아했다. 나은 엄마가 짝, 짝, 짝 손뼉을 쳤다. 모든 사람들의 시선이 나은 엄마에게 집중되었다. 나은 엄마는 청재킷을 한 손에 든 채, 거침없이 말을 쏟아 놓았다.

"여러분, 교장 선생님의 선포에 큰 박수로 동조의 뜻을 보냅시다. 우리 자식들이 문제아입니까? 패배자입니까? 더는 우리 아이들이 아웃사이더가 아니길 바라는 의미에서 손뼉을 칩시다!"

자리에 참석한 학부모들은 어리둥절한 얼굴로 서로를 바라보다, 손뼉을 쳤다. 신입생들도 무대에서 온몸을 흔들며 환호했다. 조용하던 학교가 갑자기 들썩거렸다. 교장 선생님의 연설이 끝난 후, 다음 순서가 진행되려는데 강당 뒷문을 여는 소리가 들렸다. 금방 깊은 산에서 내려온 듯 등산복을 입은 남자와 단아한 차림의 여자가 찬 바람을 몰고 들어섰다. 그들은 들고양이처럼 발꿈치를 들고 자리를 찾았다.

"유주의 어머니와 아버지가 늦게 도착하셨군요. 고생하셨습니다."

나침반 선생님이 유주 엄마와 아빠의 도착을 알렸다. 오리엔테이션을 통해 이미 낯을 익힌 학부모 중 몇몇이 눈빛으로 알은체를 했다. 유주는 조용히 바라보는 것으로 엄마 아빠를 반겼다. 유주 부모님이 자리를 찾자 곧이어 다음 프로그램이 진행되었다.

"지난 한 달간 합숙하며 만든 작은 뮤지컬로 입학식을 대신하겠습니다. 오늘 입학하는 스무 명 학생들의 포트폴리오라고 생각해 주십시오. 그럼, 지금부터 큐, 들어갑니다."

사회자인 나침반 선생님의 힘찬 목소리에 맞춰, 커튼이 내려지고, 무대 뒤에 설치한 화면에 회색 조명이 비췄다. 교복 입은 아이들 뒤로 일반 학교 교실의 영상이 떴다. 학생들은 책상에 엎드려 낮잠을 자거나 장난치는 등 분위기가 산만했다. 나은이 허리 라인을 살린 교복과 허벅지가 보일 정도로 과감하게 줄인 치마를 입고 엉덩이를 살짝 흔들며 춤을 추었다.

밤에는 무리들과 싸돌아다니느라 발에서 불이 활활.
교실은 수면실. 선생님에겐 눈엣가시. 문제아.
학교 와 자지 말고 차라리 눈앞에서 사라져!
선생님의 독설. 가시에 찔린 듯 아팠어.
내 가슴속 상처 딱지를 떼어 내고파.

나은이 물방울처럼 통통 튀는 목소리로 노래를 불렀다. 고음이라 대사 전달이 확실치는 않았지만 나름대로 호소력이 있었다. 나은 엄마가 열정적으로 휘파람을 불며 추임새를 넣었다. 다른 학부모들과 손님들은 박수 대신 나은 주변에서 코러스를 넣으며 물결 춤을 추고 있는 아이들을 뚫어지게 바라보았다.

다시 화면이 바뀌면서 《아웃사이더》 영화의 한 장면이 떴다. 은우가 재킷에 검은 바지를 입은 모습으로 무대에 섰다.

나는 누구일까. 수없이 자신에게 물었죠.
학교에서는 일 등을 위한 들러리.
집에서는 엄마, 아빠, 할아버지에게 무거운 짐짝.
낯설고 물선 나라에서는 고독한 이방인.
떠밀려 방황하다 돌고 돌아온 이 자리.
더는 아웃사이더로 살고 싶지 않아.

은우가 감성적인 목소리로 노래를 마치자, 그를 둘러싼 아이들이 파도처럼 물결을 만들며 흐느적거렸다. 그 틈새를 타고 남학생 그룹이 무대 중앙에 나와 비보이 춤을 췄다. 아이들의 몸동작은 춤이 아닌 절규였다. 얼굴이 굳어지는 부모님도 있고 괴로운 듯 턱을 괴는 선생님도 보였다. 춤추던 남학생들이 자리로 들어가면서 합창이 시작되었다.

맞아. 맞아. 너의 아픔이 바로 나의 아픔.
네가 느낀 모멸감에 눈물이 나.
이젠 우린 새로운 세상을 향해 나아가야 해.
더는 아웃사이더가 될 수는 없어.
내 삶의 주인공이 되어야 해. 와와-

합창이 끝나자 모두 어깨동무한 채, 넘실넘실 춤을 췄다. 한 송이

꽃이 되어 불꽃을 터트렸다. 아이들의 노래와 춤사위에 맞춰 객석의 손님들도 간간이 몸을 흔들며 기도하듯 손을 모았다. 드디어 뮤지컬이 막바지에 달했다. 자신의 차례가 다가오자 유주는 숨이 막힐 것만 같았다. 나은이나 은우처럼 아무렇지 않게 무대에 설 자신이 없었다. 가사도 기억이 나지 않을 것만 같았다. 입술이 바싹 타들어 갔다. 갑자기 화면 위에 푸른 바다가 펼쳐졌다. 유주가 주저하자, 눈치를 챈 나은이 옆구리를 연신 찔렀다.

"왜 그래? 어디 아파? 오늘의 주인공이 멍 때리고 있음 어떡해?"

나은의 재촉에 유주는 정신을 가다듬으려 침을 삼켰다. 눈을 질끈 감고 무대로 올라갔다. 푸른 화면 앞에 한 마리의 고래가 되어야 한다고 속으로 외쳤다. 커다란 고래가 춤을 추듯 푸른 바다를 헤쳐 나갔다. 최대한 우아하면서도 강렬하게. 유주는 물속을 헤엄치듯 는실는실 춤을 추며 읊조렸다.

지금까지 나는 철창 속의 새였어요.

늘 바닷속의 고래를 동경했죠.

그 누구의 간섭도 없이 물길 따라 가는 고래.

꿈을 좇아 어디든 달려가는 새끼 고래.

나는 한 마리 고래가 되어 넓은 바다로 나갈 거예요.

험한 벽이 내 앞을 가로막아도 상관없어요. 나는 나니까요.

유주는 집시 차림에 걸맞게 몽환적으로 노래를 불렀다. 유주의 애절하면서도 허스키한 목소리에 모두 감전된 듯 멍하니 무대를 바라보았다. 객석에서 훌쩍이는 소리가 들렸다. 유주는 엄마라는 걸 직감했다. 엄마는 책을 좋아하고 말이 없던 딸이 자퇴서를 내자 충격을 받아 우울증까지 앓았다. 엄마는 유주의 자퇴를 친척이나 친구들이 알게 될까 봐, 핸드폰까지 꺼 놓은 상태로 살 정도였다.

"네가 내 인생을 구렁텅이로 빠트릴 줄은 정말 몰랐다. 믿는 도끼에 발등을 찍혀도 유분수지. 누굴 탓하겠냐. 널 너무 방치해서 키운 내가 잘못이지…"

엄마는 유주와 눈만 마주치면 한숨을 푹푹 쉬며 신세 한탄을 했다. 분노 조절이 안 되면 전화기며 주전자 등 닥치는 대로 집어 던졌다. 정작 일반 학교를 그만두고 무엇을 해야 할지 밤잠을 설쳐야 했던 유주는 내색조차 할 수 없었다. 그런 와중에 찾게 된 날개학교라 엄마는 감회가 깊은 듯싶었다. 유주가 마지막 인사를 하자 신입생 전체가 무대 위로 우르르 올라왔다.

〈나만의 꿈을 찾아서 고고씽!〉

무대 위에 선 학생들이 붉은 플래카드를 흔들며 인사했다.

그때였다. 학부모들과 내빈들의 우레와 같은 함성이 끝나자마자 강당 밖에서 시끄러운 소리가 들렸다. 무대 위의 아이들이 잔뜩 긴장한 얼굴로 밖을 내다보았다. 학부모들과 손님들도 일제히 큰소리가 나는 쪽을 향해 고개를 돌렸다. 열기로 가득 찼던 강당 안이 갑자기 찬물 세례를 받은 듯 싸늘해졌다.

"대안핵교는 뭔 놈의 핵교? 양아치들 가르치는 핵교라며? 안 되지. 조용한 동네를 진흙탕으로 만들려고 이상한 핵교가 들어서면 안 되제. 절대 반대여!"

자신을 마을 이장이라며 어깨를 으쓱거리던 최 씨를 비롯해 몇몇 동네 사람들이 떼거지로 몰려와 외쳤다. 그들은 사생결단을 내러 온 사람들처럼 씩씩댔다. 학부모들의 얼굴이 얼음장처럼 변했다. 교장 선생님이 강당에서 내려와 빌자 더욱 안하무인이었다. 보다 못한 나침반 선생님이 칼침을 놓듯 세게 나갔다.

"대안학교는 문제아 집단이 아닙니다. 다른 아이들과 조금 다를 뿐인 아이들에게 자기 길 찾기를 해 주는 학교구요. 서울에 있는 대학과 연계된 학교이기도 합니다. 앞으로 날개학교가 동네에 손해 끼치는 일은 절대 없을 겁니다. 오히려 학교 때문에 동네가 발전될 겁니다. 두고 보십시오. 지금 행사 중 아닙니까? 나가 주세요."

동네 사람들은 나침반 선생님의 단호한 자세에 흠칫 놀란 듯 한 걸음 물러섰다.

"우와! 멋지다. 나침반 쌤…."

아이들의 작은 탄성이 울려 퍼짐과 동시에 학부모들이 웅성댔다.

"이래서 어떻게 우리 아이들 맡기겠나. 원. 허구한 날 동네 사람들 찾아와 태클을 걸면 어쩌노."

"그런 말씀 마십시오. 동네에 학교가 들어오는 게 뭐가 문제란 말이오. 나침반 선생님 말대로 이런 산골 마을에 학교가 들어서면 더 좋지. 우리 애들이 병균이라도 옮기는 환자란 말이오?"

행사에 참석했던 학부모들끼리 잠시 옥신각신 의견이 분분했다.

"죄송합니다. 내빈 여러분. 그리고 학부모 여러분. 이 또한 물 흐르듯 흘러갈 것입니다. 오늘은 무대에 섰던 아이들만 바라봐 주십시오. 날개학교는 반드시 이곳에 뿌리내릴 것입니다."

나침반 선생님의 간곡한 말에 벌집처럼 시끄럽던 실내가 조용해졌다. 불청객의 침입으로 입학식은 흐지부지 끝나고 말았다. 내빈들과 학부모들이 흩어져 가고 난 자리에는 찬바람만이 감돌았다.

유주는 특별한 입학식에 대한 기대는 크지 않았지만 허탈했다. 닻도 없는 배에 올라탄 느낌이랄까. 왠지 항해가 순탄할 것 같지 않았다. 행사가 끝나자 운동장은 폐허처럼 썰렁했다. 부모님과 작별 인사를 나눈 아이들이 멍하니 교문 밖을 내다보았다. 모두 촉촉이 젖은 눈길이었다. 유주도 마찬가지였다.

'이제 진짜 나 혼자네. 잘할 수 있을까?'

유주는 산란한 마음을 떨치기 위해 강당으로 들어섰다. 청소를 하면서라도 가슴에 부는 바람을 잠재우고 싶었다. 이미 나은이 바닥을 쓸고 있었다. 그때였다.

"컹, 컹."

눈덩이 위에서 장난을 치던 누렁이가 사납게 짖었다. 유주는 빗자루를 든 채, 개 짖는 쪽을 바라보았다. 제복을 입은 형사와 훤칠한 키에 어깨가 딱 벌어진 남자아이가 운동장 한복판을 거들먹거리며 들어왔다. 남자아이의 외모가 유난히 눈에 띄었다. 짧은 스포츠머리, 부리부리한 눈, 두툼한 입술 등 잘생긴 얼굴이다. 그러나 눈빛은 갱 영화에 나오는 조폭처럼 불량기가 철철 넘쳤다. 유주와 눈이 마주치자, 남자아이는 어깨를 으쓱거렸다.

'별 희한한 인간들이 다 모이는 학교네.'

유주는 갑자기 온몸에 피로감이 몰려왔다. 바닥 청소를 하려는데 뭔가 불편했다. 알고 보니 집시 옷을 그대로 입고 있었다. 그악스럽게 짖는 개를 쳐다보며 치렁치렁한 옷을 벗어 버렸다.

'지금 내가 억지로 입고 있는 옷들도 이렇게 훌훌 벗어 버릴 수 있다면….'

벗은 옷을 들고 나가려는데, 교장 선생님이 운동장을 가로질러 오는 두 사람을 향해 걸음을 옮기고 있었다. 유주는 교장 선생님의 얼굴에 드리운 검은 그림자를 보았다. 형사가 교장 선생님을 뚫어지게 쳐다보며 말했다.

"축하합니다!! 교장 선생님 고생문이 훤히 열렸습니다. 핫하."

형사는 농담하듯 너스레를 떨며, 옆에 있는 남자아이를 향해 턱짓을 했다. 교장 선생님은 걱정 가득한 눈길로 남자아이를 바라보았다. 아이는 교장 선생님을 보고도 인사는커녕 운동장에 캑, 소리를 내며 가래를 뱉었다. 남학생 이마에 난 흉터를 물끄러미 바라보던 교장 선생님의 눈빛이 흔들렸다.

"이. 아. 이. 로. 군. 요."

끊어질듯 강한 악센트를 넣은 교장 선생님의 말이 왠지 무거워 보였다.

"관리하기 힘드시면 언제든 연락 주십시오. 아무리 미미한 사건이라도 보고해 주시는 것도 잊지 마시구요."

형사가 명령 투로 말했다. 그러곤 남자아이에게 협박하듯 몇 마디 남긴 뒤, 교문 밖으로 사라졌다. 교장 선생님은 말없이 아이를 데리고 교무실로 향했다.

"잔칫날이 왜 이렇게 썰렁 무드지? 다 같이 웃자고!"

애써 분위기를 띄우려는 나은의 목소리가 혼자 맴돌았다.

"뭔가 예사롭지 않아!"

유주는 집시 옷을 손에 든 채, 혼자 중얼거렸다. 누렁이 부부도 불안한 듯, 남자아이 주위를 돌며 컹컹 짖었다. 남자아이가 신경질적으로 누렁이에게 발길질을 했다.

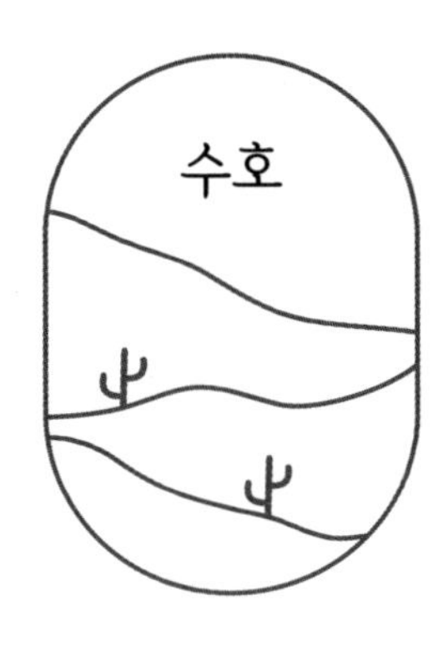

입학식을 치른 지 어느덧 보름이 지났다. 학교는 물속에 잠긴 듯 조용하다. 수호는 길 잃은 아이처럼 멍하니 하늘을 쳐다본다. 터덜터덜, 맥없이 흡연실로 가 연신 담배 연기를 뿜어내고 있다.

"여긴 일반 학교와는 완전히 달라. 무엇이든 네가 결정하는 거지. 수업과목도 스스로 선택해서 찾아다니며 공부해야 하고. 담임선생님도 스스로 결정해서 들어가면 돼. 수업에 들어가지 않아도 누가 뭐랄 사람은 없어. 하지만 네가 견디기 힘들 거다. 담배도 자발적으로 끊을 때까지 기다려 준다. 원칙은 있어. 하루에 다섯 개비만. 반드시 흡연실에서만 가능하다. 이 모든 것은 너 자신에게 맡긴다. 교칙보다 양심이 더 우선이라는 걸 잊지 마라."

얼마 전 나침반 선생님이 한 말이 떠오르자, 입안에 모래알이 서

걱거리는 것 같고 쓰다. 반도 안 피운 담배를 운동화 밑에 놓고 비빈다. 눈빛이 이글거린다. 얼마 지나지 않아, 수호는 다시 담배에 라이터를 갖다 댔다. 벌써 다섯 개비째다. 양심 따위에 흔들릴 수호가 아니다. 수호는 딱히 듣고 싶은 수업도 없고, 어울릴 수 있는 친구는 물론 맘에 드는 담임도 없다. 그나마 숨통이 트이는 곳은 담배 연기를 맘껏 뿜어낼 수 있는 흡연실뿐이다.

하지만 담배를 피우면서도 마음이 편치만은 않았다. 찌질한 것들 삥 뜯어 담배 살 때보다 더 기분이 더럽다. 수호는 담배 연기로 가락지를 만들며, 일반 학교 시절을 떠올렸다. 담배 피우다 걸리면 인간이길 포기해야 했다. 생활부장인 도끼눈은 매질 대신, 모욕감을 느끼게 했다.

"대가리에 피도 안 마른 새끼가 담배 진에 중독된 꼴이라니. 너 같은 놈하고 상대해야 하는 내 인생이 불쌍하다. 지금부터 화장실 청소다. 떨어진 밥알도 집어 먹을 만큼. 깨끗이. 빡빡."

언어폭력 앞에 수호는 존재감을 잃었다. 수호는 그럼에도 다음 날이면 또 담배를 피웠다. 몰래 피는 담배 맛은 마스터베이션을 할 때의 쾌감만큼이나 짜릿했다. 하지만 지금은 그냥 심심풀이 땅콩 맛이다.

"흡연실을 만든 이유는 몰래 숨어서 하는 것보다는 낫다고 판단했기 때문이다. 그러나 원칙은 지켜야 한다. 그렇지 않으면 벌점이 따른다."

나침반 선생님의 말이 생각나자 콧방귀가 절로 나왔다. 수호는 담배꽁초를 발로 비비며 독백처럼 읊조렸다.

"씨발, 여긴 미로야. 완전. 모두가 사차원에 사는 또라이들…"

수호는 법원의 위탁 판결로 온 학교이긴 하지만, 모든 게 마음에 들지 않았다. 차라리 종일 책상에 엎드려 잠만 자더라도 일반 학교가 나았다. 여기는 바보 되기 안성맞춤인 학교다. 어울릴 만한 놈은 고사하고 딱히 괴롭힐 대상이 없다는 게 더욱 미칠 노릇이다. 날개 학교 아이들에게서는 젖비린내가 나 상대할 가치가 없다. 별것도 아닌 걸 갖고 호들갑을 떠는 여자애들이며, 마치 철학자라도 된 듯 잔뜩 폼 잡고 다니는 남자애들 모두 말조차 섞기 싫다. 더욱 기막힌 건, 모두 수호를 투명 유리 속의 인간처럼 대한다는 점이다. 수호는 자신이 뿜어내는 담배 연기를 따라 어딘가로 사라지고 싶었다.

'이 창살 없는 감옥에서 언제 탈출하나.'

한 대 더 피려는 순간, 불쑥 나침반 선생님이 흡연실로 들어섰다. 수호는 나침반 선생님을 보는 순간, 자리에서 일어섰다. 그는 찢어진 청바지에 나달거리는 면 티를 입은 것만큼이나 자유로워 보이지만, 진짜 속마음은 모른다. 피하는 게 상책이다. 며칠 전처럼, 엉뚱한 설교나 듣게 되면 골치 아프니까.

"난 이 학교 조종사다. 조종사가 없으면 하늘을 날 수 없다는 건 알지?"

수호는 무슨 뚱딴지 같은 소린가 싶어 선생님을 바라보았다. 그러자 수호 앞으로 선생님이 작은 상자 하나를 건넸다.

"받아. 사막이나 오지를 걷는 사람들에게 나침반은 생명줄이다. 여행객에게 자신이 선 위치를 정확하게 알려 주지. 나는 네게 나침반이 되어 주고 싶다."

제법 폼 잡고 하는 말이지만, 수호에겐 헛소리로밖에 들리지 않는다. 면담을 마치자마자 수호는 나침반을 쓰레기통에 던져 버렸다.

"암튼, 유치하긴. 애들이나 선생이나 똑같다니까."

그때처럼 엉뚱한 일로 잡히지 않으려면 얼른 피해야 된다.

"어이 수호! 잠깐! 샘 얼굴 보며 얘기 좀 하자."

두툼한 손이 수호의 어깨를 잡았다. 수호는 그냥 도망치고 싶었지만 참았다. 선생님이 말없이 라이터를 켰다. 수호는 아무리 막 나간다 해도 선생님과 맞담배를 피울 수는 없었다. 그렇다고 그냥 나갈 수도 없어 주춤했다. 선생님은 무심한 척 담배 연기를 내뿜었다. 수호도 태연한 척 담배에 불을 붙였다. 담배 연기도 헷갈리는지 허공 속에서 비틀거리며 올라갔다. 나침반 선생님이 담뱃갑을 주머니에 넣으며, 지나는 말처럼 툭 던졌다. 낮지만 카리스마 넘치는 목소리다.

"요즘도 많이 피우냐?"

수호는 갑자기 구역질이 났다. 차라리 대놓고 모멸감을 주던 도끼눈이 더 인간적이라는 생각이 들었다.

"뭐. 두 갑 정도…."

수호는 입술을 실룩거리며 조롱하듯 말했다. 수호는 심심하던 차에 잘 됐다 싶었다. 선생님이 언제까지 친절을 가장한 위선의 탈을 쓰고 대할 것인지 시험해 보고 싶었다. 소문에 의하면 나침반 선생님은 대학생 때부터 야학이며 공동체를 운영해 왔고, 시국 사건이 날 때마다 가투 시위를 벌이는 데 앞장섰다고 한다. 수호는 '야학, 공동체, 가투 시위' 등의 뜻을 잘 모르지만, 나침반 선생님이 남다르다는 건 인정한다.

"하루에 다섯 개비 이상 피우면 벌점 받아야 한다는 것은 알고 있지?"

"네에."

"그렇다면 수호에게 벌점 따위는 관심 밖이라는 말인가?"

"중독이 얼마나 무서운지 아시잖아요!"

수호가 이죽거리자 중간에 선생님이 말을 끊었다. 그러곤 수호를 묘한 눈길로 바라보며 조심스럽게 말을 꺼냈다.

"교장 선생님이 널 받아들인 건, 특별 케이스야. 사실 이곳은 학부모들이 기부금 내서 만든 학교라 위탁 학생을 받는 것에 대해 의견이 분분했어. 교장 선생님의 호의를 봐서라도 학교에 적응하려 애써야 하지 않겠니?"

"씨발, 내가 여기 보내 달랬어요? 여긴 완전 사람 돌게 만들잖아요. 찐따 같은 놈들과 지내는 게 쉬운 줄 아세요? 차라리 날 소년원으로 보내라고요."

수호는 주먹을 불끈 쥔 채 소리쳤다. 수호는 오토바이 날치기로 감별소까지 갔었다. 소년재판 결과 5호 처분을 받아 날개학교에 위탁생이 된 것이다. 감별소 동기들은 위탁생이 된 것을 부러워했지만 수호는 아니었다. 살벌하고 종일 빵빵이를 치더라도 소년원(정보학교라 칭하지만)에 가는 게 나을 뻔했다. 물밑처럼 고요한 산속의 학교, 꿈속을 헤매는 듯 몽롱한 아이들의 눈빛, 친절을 가장한 선생들의 위선적인 모습. 여기는 정신병자들이 모인 곳이다. 수호는 그렇게 생각했다.

"오전 학과 수업은 그렇다 해도…. 오후 공동체 작업 시간은 괜찮잖아. 바리스타 반도 있고, 제빵 반도 최신식 기계가 들어왔고, 미용일도 배워 보면 재밌을 거야. 너 머리 스타일 보니까 감각이 남다른데 미용에 도전해 보는 것도 좋을 것 같고. 아니면 내 반에 들어오든지. 문화란 무엇인가 차근차근 배워 가는 거지. 처음엔 낯설어도 차차 도움이 될 거야. 문화 예술 콘텐츠 탐구반. 새롭지 않니?"

도대체 문화는 뭐고 예술은 또 뭐람. 귀신 씨나락 까먹는 소리다. 다행히 선생님의 전화기가 울렸다. 급한 전화인지 선생님이 허둥대며 밖으로 나가자 수호는 담배 한 대를 또 꺼냈다. 그때였다. 은우가 흡연실로 들어오려다 말고 수호를 보자, 당황한 얼굴로 뒷걸음질을 쳤다. 수호가 주먹으로 자기 손을 한 대 친 뒤, 은우의 등을 휘어잡았다.

"들어와. 안 잡아먹어. 새꺄. 근데 너도 꼴초였냐?"

수호는 내심 반가웠다. 샌님 같은 놈이 담배를 피우다니. 예상 밖이었다. 은우는 수호와 같은 공간에 있는 것조차도 불쾌하다는 듯 싸늘하게 등을 돌렸다. 수호의 얼굴이 갑자기 험악해졌다.

"왜? 내가 전염병 환자라도 되는 줄 아냐? 새끼야 나 쌩쌩해. 걱정 말고 들어와 빨기나 해."

은우의 얼굴이 일그러졌다. 잠시 얼굴에 검은 그림자가 스쳤다. 수호는 알고 있다. 찌질한 것들이 자존심은 살아 있어서 속으로 잔뜩 꼼수를 부린다는 것을. 특히 탈선이라고는 한 번도 꿈꿔 본 적이 없을 것같이 생긴 은우 같은 녀석은 더욱 그렇다.

"피우고 말고는 내 맘이야. 네가 상관할 바 아니라고."

은우가 짐짓 센 척 대들었다. 의외였다. 수호는 슬슬 속에서 뭔가 들끓는 게 느껴졌다. 본능과도 같은 분노의 덩어리였다. 절로 어깨가 들썩였다.

"어쭈 말발이 센데, 제법. 잔챙이 새끼가. 오늘 네 잔칫날인 줄 알아. 그렇지 않아도 주먹이 근질거렸는데… 제대로 걸렸어."

수호가 은우의 턱을 치켜올리며 눈을 부라렸다. 그런데 이게 웬일? 은우가 눈에 잔뜩 힘을 넣은 채, 꼿꼿한 자세로 대드는 게 아닌가! 일반 학교에서 만난 아이들은 이 정도면 알아서 무릎을 꿇었는데 말이다.

"나는 팝콘이 아니야. 네가 열받게 한다고 터지지 않는다고…. 그러니 날 네 맘대로 휘둘러도 된다고 생각하지 마. 굴러온 돌이 박힌 돌 뺄 셈이냐구?"

은우가 나직하면서도 은근히 힘이 들이 들어간 목소리로 말했다. 눈빛이 이글거렸다. 수호는 급소를 찔린 것처럼 뜨끔했다. 가슴속에서 시베리아 바람 소리가 들렸다.

"지금 너 뭐라고 씨부렁대냐? 뭐 팝콘? 꼴값을 떠네. 니들은 부모 잘 만나서 기부금 팍팍 내고 들어왔다 이거지? 그래. 난 굴러온 돌이다. 어쩔래. 어디 굴러온 짱돌 맛 좀 볼래? 씨발놈아."

수호가 술 먹은 것처럼 불콰해진 얼굴로 은우를 노려보며 이죽거렸다.

"됐어."

은우가 한마디를 남긴 뒤 나가려 하자, 수호가 느닷없이 은우의 뺨따귀를 후려쳤다. 등짝이며 엉덩이 등을 사정없이 갈겼다.

"너만 성질 있는 줄 알아? 여기는 무법 지대가 아니라고."

은우가 어디서 구했는지 싸리 빗자루로 수호의 머리통을 갈기며 외쳤다. 수호는 갑자기 돌격해 오는 은우의 공격에 잠시 흔들렸지만 웃었다. 제대로 먹잇감을 찾았다 싶었다. 수호는 성난 짐승처럼 은우의 온몸을 짓밟았다. 은우도 끝까지 싸워 보려 안간힘을 썼다. 그러나 코피가 나는 바람에 움찔했다. 그러면서도 눈빛은 형형했다. 죽어도 비굴하게 빌지는 않겠다는 결연한 태도였다. 수호는 은우의 꼿꼿한 모습을 보자 더욱 화가 치밀었다. 은우가 피범벅이 된 채, 수호를 삼킬 듯 노려보았다.

"뭘 봐. 새꺄. 좆만 한 놈이. 감히 날 무시해?"

두타파에서 잔뼈가 굵은 수호 앞에 은우는 고양이 앞의 생쥐나 다름없다. 은우가 흡연실 바닥에 죽은 듯 널브러지자 수호는 그제야 양 주먹을 탁탁, 치며 때리기를 멈췄다.

"꼴좋다. 그러게 왜 설레발이냐구? 좆도 안 되는 새끼가."

수호는 포만감에 젖은 사자처럼 휘파람을 불며, 흡연실을 나갔다. 흡연실 바닥은 검붉은 피로 물들었다. 은우는 일어서려 안간힘을 쓰다 픽 쓰러졌다. 어쩔 수 없이 땅바닥에 누워, 연신 흐르는 코피를 손으로 닦았다.

"은우야, 왜 그래? 정신 차려 봐."

지나던 유주가 은우를 보자 소리 질렀다. 도움을 청하기 위해 두리번거리다 은우를 일으키려 애를 썼다. 은우는 접착제라도 붙인 듯 바닥에서 떨어질 줄을 몰랐다. 유주는 우선 손수건을 꺼내 은우의 얼굴을 닦았다. 유주의 손이 미세하게 떨렸다.

"피가 멎질 않네. 어쩌지."

유주는 발을 동동 구르며 어쩔 줄 몰라 했다. 상처를 닦기 위해 손수건을 대자 은우가 괴성을 질렀다. 유주는 자기 몸에 상처가 난 것처럼 온몸을 움찔거렸다. 유주는 사태를 알리기 위해 교무실로 달려가면서도 연신 흡연실을 쳐다보았다. 곧이어 교장 선생님이 무거운 얼굴로 달려 나왔다. 뒤를 이어 나침반 선생님과 몇몇 선생님들이 상기된 얼굴로 뛰어나왔다.

수호는 아무 일도 없었다는 듯, 교실에 들어와 가방을 들고 밖으로 도망쳤다. 잠시 후, 삐뽀 삐뽀. 은우를 실은 구급차가 쏜살같이 교문 밖으로 사라졌다. 곧이어 경찰차가 안으로 들어왔다. 불안감을 감추지 못한 아이들이 삼삼오오 모여 수군댔다. 유주는 구급차에 실려 간 은우가 걱정되어 창가를 서성거렸다. 나은은 대형 사고라도 난 듯, 엄마에게 보고하느라 바빴다. 갑자기 학교가 화마에 휩싸인 듯, 술렁거리기 시작했다.

강아지 누렁이 부부도 사이렌 소리에 놀란 듯, 이리저리 날뛰었다.

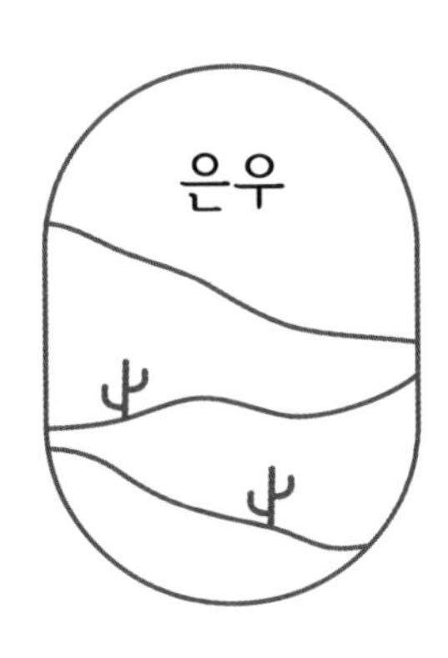

"엑스레이 결과, 뼈는 부러지지 않았네요. 대신 눈가 상처는 꿰매야 할 것 같습니다."

읍내 병원 의사가 사진을 보며 말했다. 나침반 선생님은 다소 안심한 듯, 휴 소리 내어 한숨을 쉬었다.

"수호와 왜 싸웠니? 너답지 않게!"

"쌤. 나답다는 게 뭐예요?"

"나서야 할 때와 아닐 때를 구별할 줄 알았잖아. 수호는 우리 모두가 감싸안아야 할 도자기 같은 친구라고 했지. 특별히 반장인 너한테 부탁까지 했잖니."

"수호를 늘 그렇게 쉬쉬…. 감싸 줘야만 해요? 쌤. 저는 날개학교에 와서까지도 그렇게 살고 싶지 않아요."

은우는 일반 학교에서 겪은 악몽이 떠올라 목소리 톤을 높였다. 중학교 2학년 때였다. 별생각 없이 골목으로 접어드는데 왠지 예감이 좋지 않았다. 무심히 걷던 산길에서 만난 뱀이 스쳐 갈 때의 느낌이랄까. 예상대로 골목 끝에 악당들이 떼거리로 앉아 있었다. 악당들은 다짜고짜 은우의 온몸을 훑기 시작했다. 텅 빈 지갑을 보자 미친 듯 때렸다. 코피가 터졌다. 피는 또 다른 피를 불렀다. 악당들은 은우의 고통을 즐겼다. 그들은 서로 실실 웃어 가며 게임하듯 짓밟았다. 은우는 쥐도 새도 모르게 죽을 것 같아 두려웠다.

"일어나! 빨아. 폼 나게!"

때리는 것만으로는 성에 차지 않는지, 짱인 놈이 담배 한 대를 건넸다. 은우는 담배만은 받지 않으리라 다짐했다.

"어쭈! 꼴에 야릴 줄도 아네. 눈깔 안 깔아?"

사정없이 주먹이 날아왔다. 가슴 저 밑바닥에서부터 모멸감이 차올랐다. 은우는 그들 앞에 자신이 벌레만도 못한 존재 같았다. 절대 시키는 대로 따르지 않으리라 다짐했다. 온몸으로 반항했다. 필사적으로 버티자 짱인 놈이 담뱃불로 손등을 지졌다. 그것도 부족해 얼굴에 담뱃불을 갖다 댔다. 결국 항복하고 말았다. 그때, 끝까지 대항하지 못하고 담배를 피웠던 자신을 생각하면 지금도 부르르 몸이 떨렸다. 은우는 날개학교에 오면, 폭력의 고리에서 벗어날 줄 알았다. 그런데 더 무섭고 사악한 놈이 도사리고 있을 줄이야.

"무조건 대항하는 것만이 용기는 아냐. 에둘러 이기는 법을 배워야지."

더는 비겁한 도망자로 살고 싶지 않다는 걸 선생님은 몰랐다. 은우는 두 주먹을 불끈 쥐었다. 절대 폭력 앞에 굴복하지 않을 결심과 함께.

오후의 햇살과 함께 은우 엄마가 병실로 들어왔다.

"많이 다쳤니? 수호라는 아이 들어올 때부터 불안불안하더니… 결국…."

잔뜩 걱정스럽다는 표정으로 물었다. 은우는 그런 엄마가 낯설다 못해 가증스러웠다. 웬일로 혹처럼 데리고 다니는 동생도 없이 혼자일까. 치렁치렁 달고 다니던 액세서리도 없이 단정한 옷차림까지. 엄마의 신변에 무슨 일이 생긴 것일까. 은우는 엄마, 아빠가 준 통증이 다시 도질까 두려워 눈을 감았다.

초등학교 2학년 때 엄마, 아빠가 이혼했다. 은우의 마음이 채 가시기도 전, 엄마, 아빠는 각기 재혼했다. 은우는 짐짝처럼 이리저리 옮겨 다니다 결국 할아버지 집에 맡겨졌다. 할아버지 집엔 돈은 많았지만 사랑은 없었다. 은우는 늘 혼자 레고나 퍼즐 맞추기를 하며 놀았다. 은우는 그때 이미 알았다. 어른들 앞에서는 절대 자신의 감정을 드러내서는 안 된다는 것을. 생존을 위한 몸부림이었다.

초등학교 때는 교실에서 그림자처럼 앉아 있다 돌아오곤 했다. 하지만 중학생이 되면서부터는 그것마저도 녹록지 않았다. 친구도 없이 혼자 다니는 은우를 반 전체를 쥐락펴락하는 놈들이 가만 놔두질 않았다. 악당들은 시도 때도 없이 은우를 괴롭혔다. 은우는 멀리서도 무리를 보면 다리에 쥐가 날 정도로 피했다. 그만큼 두려웠다. 은우는 학교에 가는 날보다 빠지는 날이 더 많았다. 아침이면 머리가 아프다는 핑계로 아예 이불 속에서 나오질 않았다. 나중에는 핑계가 아니라 진짜 머리가 아파 고개를 들 수조차 없었다. 어느 날, 할아버지가 참다못해 화를 냈다.

"학교는 때려치울 거냐? 내가 늘그막에 무슨 죄로 이 꼴을 보며 사는지 원."

할아버지의 흰머리가 자신 탓 같아 괴로웠다. 그날, 폭탄선언을 했다.

"저, 학교 그만두겠습니다. 할아버지."

할아버지는 무슨 소리냐며 불같이 화를 냈다. 하지만 은우는 이미 세상으로부터 모든 문을 닫은 상태였다. 게임과 넷플릭스만이 유일한 친구였다.

어느 날, 할아버지의 쩌렁쩌렁한 목소리에 은우는 게임을 하던 손길을 멈췄다. 은우는 방문을 빠끔히 열고 거실을 내다봤다. 일하는 아줌마가 겁먹은 얼굴로 할아버지를 지켜보고 있었다.

"아무튼 비행기 태워서 보낼 테니까 네가 죽이 되든 밥이 되든지 알아서 맡아라."

"안 되긴 뭐가 안 된다는 거야? 그럼 이 애비 속 터져 죽는 거 볼래?"

"그놈이 새장가 들어서 정신이 없으니까 그렇지…."

할아버지가 전화를 끊으면 저쪽에서 다시 전화가 왔다.

"고모도 엄마다. 우리 집 장손이잖니. 내가 돈은 얼마든지 보내주겠다. 학비는 물론이고. 니 수고비까지 보낼 테니 맡아!"

호주 고모였다. 은우는 할아버지가 자신에게 상의도 없이 호주 고모에게 떠맡기려는 것이 야속했다. 자퇴는 했지만 유학을 가고 싶다는 생각은 눈곱만큼도 없었다. 영어라면 머리에 쥐부터 나는데….

할아버지는 다음 날, 아빠와 엄마를 불렀다. 둘은 죄인처럼 할아버지 앞에 고개를 숙이고 앉아 있었다.

"니들이 좋아서 낳은 자식… 그것도 김씨 집안의 장손을 저렇게 내팽겨쳐도 되는 거냐. 니들이 그러면서 민중을 부르짖는다고? 하늘이 부끄럽다. 애는 새까맣게 병들어 가는데… 니들은 부모가 돼서 뭐 하는 거냐? 자식 폐인 만들 생각이냐고? 호주에 보내기로 했다. 여기서 더 병들기 전에 조치를 취해야 할 거 같아서다. 니들이 부모냐?"

할아버지의 호령에 엄마와 아빠는 말이 없었다. 은우는 엄마, 아빠에 대해 자신이 하고 싶은 말을 대신해 주는 할아버지가 고마웠다. 은우는 민중 운동이 무엇인지 잘 모르지만, 촛불 시위와 비슷할 거라고 생각했다. 엄마, 아빠는 민주주의의 구현과 정의를 위해 목숨 걸고 싸우다 만난 사이라면서 왜 작은 가정마저도 지키지 못하는 걸까. 사랑해서 낳은 자식이라면서 서로 짐짝처럼 떠맡기려는 건 또 뭔지. 은우는 늘 묻고 싶었지만, 참았다. 돌아올 답은 뻔했으므로.

비행기를 타기로 한 날, 공항에 나타난 엄마는 여전히 명랑했다.

"미안해. 아들. 이렇게 너 혼자 떠나보내서. 엄만, 단 한순간도 널 잊은 적 없다. 나중에 네가 어른이 되면 엄마 마음 이해할 거야."

은우는 입만 열면 미안하다는 엄마의 말, 믿을 수 없다. 처음부터 그랬던 건 아니다. 이혼하고 얼마 안 되어서는 엄마가 진심으로 미안해하는 줄 알았다. 시간이 지남에 따라 말뿐이라는 걸 알았다. 엄마를 만나고 돌아올 때마다 속에서 쓴 물이 나왔다. 배신감과 외로움에. 홀로 외국으로 떠나는 아들을 배웅하러 나와서도, 엄마는 재혼해서 낳은 동생에게 연신 뽀뽀를 하느라 정신없었다. 아이가 까르르 웃자 엄마도 소리 높여 웃었다. 은우에게는 한 번도 보여 주지 않던 모습이었다. 늦게 공항에 나온 아빠도 마찬가지였다.

"할아버지가 잘하시는 거다. 남들은 유학 가고 싶어도 못 가잖니? 넌 돈 걱정 없이 공부만 하면 되잖아. 기회라고 생각해. 어차피 아빠도 널 이 좁은 땅덩어리에서만 키우고 싶진 않았다."

아빠는 어깨에 힘을 주며 너스레를 떨었다. 재혼하자마자 자식을 헌신짝 버리듯 할아버지에게 떠맡긴 아빠다웠다. 은우는 그날 분명히 보았다. 아빠의 얼굴에 번지던 해방감을. 역겨웠다.

"호주 고모가 잘 해 줄 거다. 넌 새 인생을 사는 거야."

아빠는 들뜬 목소리로 말한 뒤, 은우를 껴안았다. 은우는 뻣뻣하게 선 채 아빠의 연극이 끝나길 기다렸다. 드디어 탑승 시간을 알리는 안내 방송이 흘러나왔다. 가슴이 울렁거렸다.

'진짜 혼자 떠나는구나!'

은우는 표를 내고 안으로 들어가면서 일부러 뒤돌아보지 않았다. 지금이라도 엄마, 아빠가 잡으면 바보처럼 따라 들어올 것 같았기 때문이다. 죽어도 이 땅을 떠나기 싫었다. 하지만 떠나야 했다. 은우는 팔려 가는 소처럼 참담한 기분으로 트랙에 올랐다. 열 시간 넘게 비행기 안에서 생각한 것이라고는 이대로 추락했으면 좋겠다는 생각뿐이었다.

은우가 다른 생각을 하는 걸 눈치채고 나침반 선생님이 말을 이었다.

"무슨 생각을 그렇게 골똘히 해? 선생님 말은 수호보다는 네가 훨씬 경험이 많으니까 이해하라는 거지. 해외에 나가 이런저런 일 겪은 사람이 이만한 일도 못 참아. 글구 담배는 왜 아직 못 끊는 거냐?"

나침반 선생님은 이참에 은우에게 금연까지 시킬 태세로 강경하게 나왔다. 실은 은우도 담배를 끊어야겠다고 생각했다. 호주 고모와의 약속을 지키기 위해서라도 말이다. 고모 역시 은우에게 따뜻한 품은 아니었다. 호주에서의 삶 또한 녹록지 않았다. 얼음장처럼 차갑던 고모가 어느 날, 블루마운틴에서 들려준 이야기는 충격적이었다. 은우는 또다시 회상 속으로 빨려 들어갔다.

고모는 번화한 시드니에서 꽤 떨어진 전원 마을에 살았다. 영화의 배경 못지않게 그림같이 예쁜 동네였다. 아침이면 온갖 새들의 지저귐이 넘쳐나고, 동산에는 빨갛고 노란 꽃들이 지천이었다. 장미로 둘러싸인 고모네 집은 작은 성 같았다. 하지만 짐을 들고 성 안으로 들어선 순간 뭔가 섬뜩한 느낌이 들었다. 집안 분위기가 예사롭지 않았다. 식탁 위의 음식은 풍성했지만, 냉기가 돌았다.

고모는 생전 말을 못하는 사람처럼 입을 다물고 있었다. 은우를 바라보는 고모부의 인상도 차갑긴 마찬가지였다. 고모부는 호주 토박이답게 하얀 피부에 키가 컸다.

"하이!"

고모부는 은우가 도착한 날도 전혀 물기 없는 말로 한마디 하곤 골프 연습한다며 나갔다. 오랜 시간 비행기 타고 온 자신에 대해 너무 무심한 태도에 실망이 컸다. '여기서도 짐짝 신세구나!' 싶었다.

"고모부가 한국말을 잘 모르니까… 넌 열심히 영어 배워야 해. 그나저나 널 어쩌면 좋니…"

고모는 원치 않는 소포를 받은 것처럼 찡그린 얼굴로 말했다. 그러곤 은우가 머물 방을 안내해 줬다. 방에 들어와 짐을 푸는데 오종종하게 생긴 여자아이가 들어왔다. 언뜻 보면 동양인 같지만 자세히 보면 서구적인 이미지였다.

"아. 서울에서 온 브라더? 하우 아 유?"

"제시카 기억 안 나지? 오래전 한국에 갔을 때 보긴 했는데. 너보다 한 살 어리지만 많이 도와줄 거야. 친구처럼 지내라."

고모는 간단히 소개를 마친 뒤, 나갔다. 제시카는 나갈 생각은 않고 연신 영어로 떠들어 댔다. 은우가 알아들을 수 있는 단어는 몇 개 되지 않았다. 은우는 유창하게 영어로 말하는 제시카를 보자 자신이 유배되어 왔다는 게 실감 났다. 망망대해에 혼자 선 것처럼 쓸쓸했다.

"나, 피곤해. 쉬고 싶어."

은우가 귀찮은 듯 한마디 하자 제시카는 새치름해진 얼굴로 나갔다. 은우는 짐도 풀지 않은 채, 침대에 누워 천장을 바라봤다. 왠지 서글펐다. 엄마가 동생에게 뽀뽀를 하던 장면이 자꾸만 떠올랐다. 자신도 모르게 눈가가 뜨거워졌다. 은우는 베개에 얼굴을 묻고 잠을 청했지만 허사였다. 며칠 후, 고모가 근처에 있는 사립학교 랭귀지 스쿨에 접수를 해 줬다.

"한국인 학생이 없어서 좀 힘들 거다. 그래도 자꾸만 듣다 보면 귀가 열리니까… 미리 겁먹지 말고… 어쩌냐. 견뎌야지."

고모가 홈스테이 보모처럼 사무적으로 말했다. 목구멍에 가시가 걸린 것처럼 껄끄러웠다. 제시카도 감정이 상했는지 은우에게 알은

체도 않았다. 고모부도 새벽에 일 나갔다 밤늦게야 들어왔다. 난방 시설이 없는 호주의 서늘한 방만큼이나 냉랭한 분위기에 질려 버릴 것 같았다. 호주에 와서 고모부와 같이 식사를 해 본 적이 없었다. 나중에야 한 집에 살긴 하지만, 별거 중이라는 걸 알았다. 고모의 얼굴에 핀 검은 꽃의 실체를 알 것 같았다. 은우는 고모 집에 머무는 것도 편치 않았다. 그럴 때마다 자신을 유배시킨 엄마, 아빠가 더욱 원망스러웠다.

학교생활도 힘들긴 마찬가지였다. 이방인처럼 종일 긴장한 얼굴로 앉아 있었다. 바보처럼. 한국에서도 그림자로 살았는데, 낯선 땅에서조차도 존재감 없이 살다니. 끔찍이 싫었다. 그렇다고 머리 싸매고 단어를 외거나 친구를 사귀고 싶지도 않았다. 그럴 때마다 은우는 담배를 피웠다. 은우는 담배 연기를 따라 어딘가를 향해 달아나고 싶었다.

더욱 괴로운 건, 시드니를 벗어난 시골 동네라, 인터넷이 발달하지 못했다는 점이었다. 그토록 흔한 유튜브 방송조차 보기 힘들었다. 종일 섬 안에 갇힌 죄수처럼 살았다. 할 수 없이 고모가 보던 영화와 한국 드라마를 밤새 보는 것으로 시간을 죽였다. 그중에 《아웃사이더》는 열 번도 넘게 보고 또 보았다. 영화의 내용에 따라 울고 웃었다. 고독사란 말이 실감 났다. 끔찍했다. 아니 억울했다.

"은우야. 내일은 고모와 블루마운틴에나 다녀오자. 너에게 할 말도 있고…."

호주에 온 후 처음이었다. 고모가 조카를 위해 시간을 내려는 것도, 정감 있는 목소리도. 늘 마른 나뭇잎처럼 푸석거리던 고모의 얼굴에 모처럼 화색이 돌았다. 은우는 처음 블루마운틴이라는 말을 듣는 순간, 커피집인 줄 알았다. 한국에서 블루마운틴이란 커피 이름을 분명 들었기 때문이다.

고모는 산꼭대기까지 과격하게 차를 몰았다. 은우는 산꼭대기까지 차가 오를 수 있다는 게 놀랍고 신기했다. 정상에 올라 차에서 내리려던 은우는 어지러워 잠시 휘청거렸다. 시원한 바람이 얼굴을 스치자 조금 나아졌다. 은우는 차에서 내려 심호흡을 한 뒤, 주변을 둘러보았다. 사방이 웅장한 바위로 둘러싸여 있었다. 산악 영화에 나오는 로키산맥처럼 굉장했다. 고모는 입을 다물지 못하는 은우를 보며 옅은 미소를 지었다.

"대단하지? 여기가 유네스코에 등록된 블루마운틴 정상이야."

은우는 병풍처럼 둘러싸인 풍경을 보느라 정신없었다.

"여기 위치가 시드니에서 서쪽으로 약 60km 떨어진 곳이야. 국립공원이고. 저 숲 좀 볼래? 바다의 쪽빛과 잘 어울리지? 저 위에 동물원도 있단다. 캥거루가 좋아하는 유칼리나무 숲도 볼만하고."

고모가 완전 딴사람 같았다. 평소와는 달리 부드러운 목소리부터가 달랐다. 은우는 연신 미소를 짓는 고모가 낯설었다. 은우는 가파른 절벽 끝에 놓인 전망대에서 주위를 살폈다. 짙은 녹색 바다가 손을 내미는 것 같았다. 은우는 조금 뒤로 물러나 지평선을 바라보았다. 깊은 바다 한가운데 세 자매 봉이 우뚝 서 있었다. 관광객들이 절벽 끄트머리에 있는 전망대에서 사진을 찍었다. 은우는 그들이 금방이라도 벼랑으로 떨어질까 겁이 났다.

'나도 저 사람들처럼 지금 절벽 위에 홀로 서 있는 느낌이야!'

까르르 웃던 엄마의 웃음소리가 저주의 소리처럼 귓가를 맴돌았다.

"은우야. 지금부터 고모가 하는 말 잘 들어…. 고모가 호주에 머물게 된 결정적인 게 뭔 줄 아니? 바로 이 블루마운틴 때문이야. 고모는 대학을 다닐 때부터 블루마운틴이란 커피를 좋아했거든. 이곳에 처음 와서야… 커피와는 아무 상관이 없다는 걸 알았어. 블루마운틴은 멀리서 보았을 때 진한 푸른색을 띠고 있다고 해서 붙인 이름이야. 그런데 난 그 단순한 이름에 끌려 여기 머물게 되었다면 우습지?"

고모가 옛날이야기 하듯 나긋나긋한 목소리로 말했다. 거기다 간간이 사슴들에게 유칼리 나뭇잎까지 건네는 게 아닌가. 영 딴 사람 같았다. 은우는 고모의 이어질 말이 궁금했다.

"그때 같이 온 사람이 고모부였어. 클래스 메이트였지. 고모부가 이곳에서 내게 청혼하지 않았다면 아마 고모 인생은 많이 바뀌었을 거야. 고모는 그때 너무 외로웠거든. 나 때만 해도 호주로 유학을 온 한국인은 별로 없었어. 암튼 블루마운틴에서 받게 된 청혼이 내 인생을 송두리째 바꾼 셈이야. 이 아름답고 웅장하며 환상적인 블루마운틴을 평생 볼 수 있으면 족할 것 같았단다. 그 이후의 삶은 네가 본 대로다. 살아온 문화가 다른 사람끼리 사는 건 생각보다 힘들었단다. 순간적인 판단이 영원을 망친 셈이지."

고모의 눈이 촉촉이 젖어 들었다. 은우는 엄마, 아빠도 이혼을 했지만, 한 번도 당신들의 상황에 대해 말해 준 적이 없었다. 그저 통보만 했을 때 자식이 겪는 고통쯤은 상관없어 보였다. 고모는 자신을 인격적으로 대해 주고 있다는 생각이 들었다.

"은우야. 곁에서 널 보니 왠지 나를 보는 것 같아 위태로웠어. 영어에 흥미도 없고…. 이곳 생활에 아무런 매력도 느끼지 못하는 거 고모는 알고 있었어. 네가 죽을 듯 담배를 피우는 이유도. 안타깝고 아팠어. 네가 담배에 분풀이하는 것 같아서."

은우는 고모의 말에 목울대가 울렁댔다. 고모가 알고 있었다니. 그토록 몰래 숨어서 피우려 애를 썼는데. 그때 은우는 담배를 끊어야겠다고 다짐했다. 처음과는 달리 점차 자신을 인격적으로 대하는 고모에 대한 예의라고 생각했다.

"고모가 널 한국으로 보내기 위해 이런다고 생각지는 마라. 네가 정말 하고 싶은 게 뭔지 진지하게 생각해야 될 때야. 고모처럼 아니 너희 엄마, 아빠처럼 잘못된 선택 때문에 평생을 갇혀 살지 않았으면 좋겠다. 제발…."

그런데 흡연실에 담배를 피우러 갔다 병원 신세까지 지다니. 은우는 담배 중독에서 벗어나는 것이 얼마나 힘든지 새삼 깨달았다.

"놀라셨지요? 수호는 지금 읍내 지구대 유치장에 있습니다."

은우가 되살아난 상처 때문에 몸서리를 치는 순간, 나침반 선생님의 목소리가 크게 울려 퍼졌다. 멍하니 서서 아들을 바라보던 엄마가 이마의 상처를 만지려 했다. 은우는 본능적으로 엄마의 손을 뿌리쳤다.

"별거 아냐. 몇 바늘 꿰매면 된다는데 왜 왔어?"

한국으로 다시 돌아온 은우를 엄마는 여전히 짐스러워했다. 그래서 은우는 기숙사가 있는 날개학교를 택했는지도 모른다. 물론 다른 커리큘럼도 이색적이라 마음에 들었지만, 가족을 떠나 살 수 있다는 것이 가장 맘에 들었다.

"우리 아들, 이게 웬일이니? 완전히 깡패구만. 수호라는 놈… 이참에 학교에서 몰아내든지 해야지. 가만있으면 큰일 낼 놈 아냐?"

엄마가 끔찍이 아들을 위하는 것처럼 말했다. 은우는 엄마가 수호를 욕하는 것조차 못마땅했다. 나침반 선생님은 은우 어머니의 눈치를 보면서, 수호 이야기를 꺼냈다.

"저… 힘든 줄 아시지만 수호를 좀 도와주세요. 피해자 합의서가 없으면 이번에는 진짜 구속될 가능성이 큽니다. 수호가 우리 학교에 온 이상, 바로 설 때까지 잡아 주고 싶습니다. 은우와는 얘기해봤는데 처벌을 원치 않는다고 하는데… 부모님 생각은 어떠신지 궁금해서 연락 드렸습니다."

맞는 말이다. 은우는 자신 때문에 수호가 사회적인 처벌을 받는 건 원치 않았다. 엄밀히 말해 수호만 책임 있는 건 아니다. 예전처럼 폭력 앞에 비굴하고 싶지 않아 결사적으로 대든 것도 잘한 것만은 아니라고 생각했다.

"나도 수호 때렸어. 그래서 수호가 더 화가 났던 거고. 나 땜에 수호가 잘못되는 거 원치 않아요. 제발… 엄마 괜히 일 크게 만들지 말라구."

엄마에게 냉정하게 말했다.

"아무튼 너는 마음이 약해서 탈이야. 이번 기회에 수호 그 녀석 혼쭐이 나야 정신 차릴 것 아니니? 애들도 그렇고 선생님들도 골칫덩어리 치우는 기회일 텐데… 네가 왜 고집을 피우는지 도대체 모르겠네."

"암튼 난 수호와 더는 엮이고 싶지 않아. 나 때문에 걔 인생 쫑났다는 말은 듣기 싫다구."

엄마와의 실랑이가 짜증 나던 차에, 간호사가 들어와 수술실로 가야 한다고 했다. 두렵지만 홀로 비행기를 탈 때보다는 나았다. 엄마에게 할 말을 한 것도 속이 후련했다.

눈가와 이마의 봉합 수술은 생각보다 간단히 끝났다. 기숙사에 은우를 데려다 준 뒤, 나침반 선생님과 엄마는 담당 지구대로 담당 형사를 만나러 떠났다. 모든 학생들은 저녁 식사를 마치고 기숙사로 올라갔다. 유주는 밥도 안 먹고 걱정스런 얼굴로 혼자 운동장을 서성이고 있었다.

"괜찮아? 다행이야. 상처가 깊지 않아서."

은우를 기다리느라 하늘바라기를 하던 유주가 반갑게 맞았다. 둘은 한참 서서 많은 이야기를 나누었다.

"수호는 어떻게 됐어?"

유주가 궁금한 듯 물었다.

"엄마와 나침반 선생님이 가셨으니까 잘될 거야."

"암튼, 너도 대단하다. 그 지경이 되도록 맞고 있냐. 피하지…."

"일방적으로 맞은 거 아냐. 예전처럼 비굴하게 빌거나 도망치고 싶지 않았어. 열 받아서 수호가 때린 거야."

"수호는 어떻게 되는 걸까?"

유주가 무심히 던진 말에 은우는 은근히 걱정되었다.

"이번 일로 수호가 잘못되면 나도 편치 않을 것 같아."

기숙사로 올라가는 은우의 발걸음이 무거웠다. 옆에서 말없이 걷던 유주가 조용히 말했다.

"교장 선생님까지 지구대로 달려가셨으니까… 별일 없겠지. 더군다나 네가 처벌을 원치 않는다는 진술서까지 썼다며. 병원에서."

기숙사 입구 화단의 노란 수선화가 은우와 유주를 보자 환한 미소를 지었다.

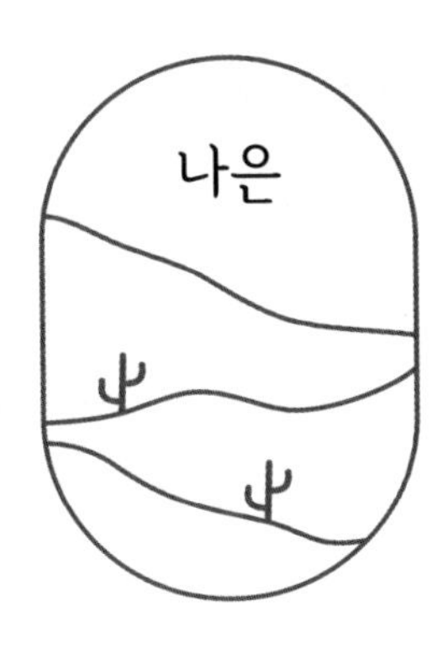

다음 날, 아침부터 학교가 술렁댔다. 운동장에는 자동차들로 가득 찼다. 날개학교는 학부모들이 소소한 일에도 참여하는 편이다. 일이 있을 때마다 모여 전반적인 의견이나 대책 등을 나눴다. 한마디로 학부모들의 입김이 센 편이다. 강당에 모인 학부모들이 납덩이처럼 굳은 얼굴로 앉아 있었다. 학생들도 쥐 죽은 듯이 조용했다. 무거운 분위기를 뚫고 학부모 모임 대표를 맡은 유주 아빠가 물꼬를 텄다.

"이번 흡연실 사건에 대해 허심탄회하게 의견을 나눠 볼까 해서 자리를 마련했습니다. 누가 먼저 말씀해 주실까요?"

유주 아빠는 여행가이자 지명도가 꽤 높은 사진작가답게 여유로운 목소리로 말했다. 학부모들은 서로 의견을 주고받는 등 시끄러웠다. 교장 선생님과 나침반 선생님은 어떤 폭탄이 쏟아져도 받아들이겠다는 자세로 앉아 있었다. 은우 어머니가 고상한 겉모습과는 달리 흥분된 어조로 말했다.

"저는 우선 흡연실 운영부터가 잘못되었다고 봅니다. 처음부터 별로 내키지 않았지만 그냥 지나갔는데, 이번 기회에 폐지했으면 좋겠습니다."

은우 엄마와 아빠는 학교 일에 번갈아 가며 참여했다. 자신을 짐짝처럼 대하면서 학부모 모임에는 빠지지 않는 점도 이해되지 않았다. 첫 학부모 모임에 다녀온 엄마는 신기루를 발견한 듯 말했다

"의식 있는 부모들이 많더라. 사회 노동 운동한 사람도 꽤 되고. 학자나 교수도 많던데. 갑자기 청춘으로 돌아간 느낌이야. 네가 이번에는 제대로 길 찾기를 할 것 같아. 기대된다."

그러면서도 엄마는 은우를 만나면 데면데면하게 대했다. 한 번도 쉬는 날, 집에 오라는 말을 하지 않았다. 이번 흡연실 사건만 해도 그렇다. 은우는 절대로 엄마나 아빠에게 알리고 싶지 않았다. 학교에서 공식적으로 연락을 한 것이다. 은우는 학부모 모임에 나와 투사처럼 목소리를 높이는 엄마가 영 못마땅했다. 은우 엄마의 발언이 끝나자 찢어진 청바지에 가죽 재킷을 입은 나침반 선생님이 입을 열었다.

"청소년 탈선의 시초는 흡연 때문입니다. 담배 피우는 학생은 문제아라는 눈으로 바라보는 시선이 많지요. 아이들은 단지 호기심

으로 피웠을 뿐인데 주위에서 과잉 반응을 보이기 때문에 생긴 문젭니다. 문제아 취급을 당한 아이들은 스스로 문제아라고 생각하게 됩니다. '문제아는 태어나는 것이 아니라 만들어 진다'는 말이 그냥 나온 것은 아니라고 봅니다."

나침반 선생님은 잠시 말을 끊고 학부모들의 반응을 살폈다. 유주는 열변을 토하는 선생님이 《죽은 시인의 사회》의 키팅 선생님처럼 멋져 보였다.

"날개학교가 흡연실을 운영하는 것은 담배를 권장하는 게 절대 아닙니다. 자기 행동에 대해 스스로 책임지자는 의미가 큽니다. 숨어서 담배를 피울 때보다 지금은 훨씬 더 흡연율이 줄어들고 있습니다. 이번 문제는 흡연실의 존폐에 대한 것보다는 교내 폭력 쪽으로 초점을 맞췄으면 합니다."

은우 엄마가 뭔가 다시 말하려다 말고 주춤했다. 이번에는 로마 병정 스타일의 부츠를 신은 나은 엄마가 성큼성큼 걸어 나가 마이크를 잡았다. 나은 엄마는 얼마 전에 커밍아웃을 선포했고 국회의원 출마 선언을 해 세상을 놀라게 하기도 했다. 그녀는 양성애자로 나은을 낳았고, 지금은 소수정당에서 국회 진출을 위해 열심히 터를 닦고 있는 중이다. 어쩌면 이런 자리에서도 자신의 존재를 가장 나타내고 싶은 엄마일지도 모른다.

"선생님의 말씀이 옳다고 봅니다. 저는 흡연실 운영에 대해 처음부터 획기적인 발상, 즉 날개학교만이 내놓을 수 있는 대안이라고 생각했습니다. 우리 자식들이 막는다고 막아집니까. 하지 말라는 것일수록 기를 쓰고 제멋대로 하는 게 아이들 아닌가요? 문을 열어 놓고, 그들 스스로 해결해 나갈 수 있도록 여러 조치를 취하는 학교 측의 여러 시안에 대해 적극 동조합니다. 문제는 위탁 학생의 교내 폭력인데… 이 자리에 수호 부모님이 계신 것도 아니라, 비판만 하기는 힘들 듯싶습니다. 수호도 말 못할 사연이 있는 것 아닐까요. 폭력은 일방적이지만은 않은 거잖아요. 대체로."

대중 연설이라도 하듯 양손을 높이 들고 말한 뒤, 나은 엄마는 마이크를 대표에게 넘겼다. 유주 아빠는 다른 의견을 말해 줄 것을 제의했다. 은우 엄마는 나은 엄마의 말에 발끈해서 마이크를 잡았다.

"지금 나은 어머니는 너무 원론적으로 말씀하시네요, 일방적으로 당했으니까 우리 아들이 저렇게 다친 것 아닙니까? 어제 교장 선생님까지 나서서 합의서를 써 달라고 사정해서 쓰긴 했지만, 대책은 있어야 된다고 봅니다. 수호는 법의 보호 아래 있어야 합니다. 그 아이가 속해야 할 자리로 보내는 것이 마땅하다고 봅니다. 내 아들처럼 제2, 제3의 피해자가 없을 거라고 누가 장담할 것입니까."

토론의 장은 점점 더 열기가 더해 갔다. 창문 틈새로 봄 햇살이 살포시 얼굴을 내밀고, 새봄을 알리는 푸르른 이파리가 바람결 따라 춤을 추고 있었다. 하지만 누구도 창밖의 봄기운에 관심을 보이지 않았다. 교장 선생님이 몹시 당황한 얼굴로 마이크를 잡았다. 교장 선생님은 회의에 들어오기 전 수호 때문에 담당 형사와도 실랑이를 벌이느라 진이 빠진 상태였다. 경찰은 수호를 법적으로만 처리하려 했다. 교장 선생님은 달랐다. 수호가 변할 때까지 인내하며 기다려야 한다고 믿었다.

"싹수가 노란 놈은 아무리 물을 줘도 죽습니다. 처리합시다. 내 관할에서 불미스런 사고 나면 교장 선생님이 책임질 겁니까? 괜히 여러 사람 피곤케 하지 말고…. 날개학교는 수호 같은 놈이 있을 곳이 아니라고요."

어제 은우 어머니를 설득해 합의서를 꾸몄는데도 다시 찾아온 김 형사가 협박조로 말했다. 교장 선생님은 한 번만 봐 달라고 사정해서 간신히 김 형사를 돌려보냈다.

"학부모님들의 귀한 의견 모두 소중하게 생각하겠습니다. 이번 흡연실 사건은 조금만 더 지켜봐 주세요. 사람은 쉽게 변하지 않습니다. 더군다나 어디로 튈지 모르는 청소년은 더욱 그렇지요. 여러분의 이해를 돕기 위해서라도 수호의 상황을 조금만 말씀드리겠습니다. 수호는 지금 아무도 돌봐 줄 사람이 없습니다. 할머니의 집이 있지만 삼촌 때문에 들어가 쉴 수가 없습니다. 수호는 거리를 방황하다 감별소까지 갔다 여기에 온 아이지요. 지금 수호를 여기서 내 보내면, 그 아이가 갈 수 있는 곳은 어딜까요. 내 아이도 중요하지만 한 아이 구하는 일도 그 못지않은 일 아닐까요. 학부모님들의 이해를 구합니다."

교장 선생님의 말이 끝나자 아무도 말을 잇지 못했다. 오랫동안 침묵이 이어졌다. 이곳에 아이들을 보낸 부모들 중에는 무작정 수호를 내보내야 한다고 우길 사람은 없었다. 학부모님들 중에는 사회 운동에 직접 뛰어든 경험이 있거나 지금도 활동가인 사람도 있었다.

"어쩌면 아이들의 문제를 놓고 학부모가 나서는 것도 무리수가 있다고 봅니다. 그러나 우리 학교는 학교와 학생 그리고 학부모가 하나로 가야 한다고 봅니다. 일단 오늘은 모든 것을 학교의 방침에 맡기고 지켜보는 방향으로 정하고 회의를 마치면 어떨까요. 수호도 다 같이 부모의 마음으로 지켜봅시다."

유주 아빠의 말에 나은 엄마가 발 빠르게 일어났다.

"날개학교 부모님들이야말로 남다른 의식을 갖고 행동해야 하지 않을까요. 저는 학교 측의 특별한 배려에 큰 박수 보내고 싶습니다."

나은 엄마의 말에 학부모들이 공감한다는 뜻으로 손뼉을 쳤다.

"오늘 회의는 여기서 마치겠습니다. 그러나 바쁜 시간 내서 오셨으니 아이들 수업 참관도 하시고 점심도 같이 드시고 가면 좋겠네요. 당연히 회비 걷어서 먹어야겠지요? 핫하하…."

오늘은 산사람이 아닌 말쑥한 양복 차림으로 나온 유주 아빠가 농담처럼 말했다. 덕분에 경직된 분위기가 조금 풀어졌다. 좀 버거운 학생일지라도 끌어안고 가야 한다는 쪽으로 의견 일치를 본 셈이다. 은우 엄마만 뭔가 개운치 않은 얼굴로 앉아 있었다. 합의서를 써 준 것이 못내 아쉽다는 표정이었다.

세미나실을 나와 공통 과목인 국, 영, 수 수업을 하는 교실을 한 바퀴 돌기로 했다. 교장 선생님과 나침반 선생님이 앞장서서 조용히 교실마다의 특성을 설명했다. 수학 교실이라는 팻말이 달린 교실에는 학생이 달랑 세 명밖에 없었다.

"아이들 중에는 수학이 싫어 공부에 흥미를 잃었다고 답하는 경우가 꽤 많았어요. 모두 수학을 기피해서 세 명만 수업을 받습니다. 하지만 여기서의 수학 교육은 재밌습니다. 수학을 실생활과 연결해서 개념 이해를 먼저 돕는 수업이지요."

"아무리 재밌어도 수학은 수학이지요."

나은 엄마의 말에 학부모들은 동조한다는 듯 고개를 주억거렸다. 폐교를 개조한 교실이지만 교실마다 특색이 있고 아늑했다. 수업을 받고 있는 아이들의 모습 또한 푸른 초원 위의 양들처럼 평온해 보였다. 아이들의 고요한 얼굴을 보는 부모님 얼굴 또한 더없이 편안했다.

교무실을 지나자 국어 교실이 나왔다. 국어반에는 아이들이 10명도 넘었다. 나침반 선생님이 담당 교사에게 양해를 구하고 부모님들을 교실 안으로 안내했다. 학부모들은 발끝을 살짝 들고 살금살금 교실로 들어갔다. 느닷없는 방문에 수업을 하던 선생님이 잠시 당황하는 것 같았으나 이내 평정을 찾았다. 아이들은 별 동요 없이 수업에 집중했다. 칠판에는 소설 『아버지의 해방일지』와 작가 '정지아'라는 글이 쓰여 있었다. 선생님이 이 작품의 배경에 대해 설명하고 학생들에게 자신의 느낌을 말하도록 했다.

“어려워요. 빨치산이 도대체 뭐예요. 재미도 없어요. 인터넷 소설은 재밌는데….”

더벅머리 남자아이가 일어나 짤막하게 말했다. 유주 아빠는 속으로 내심 놀랐다. 선생님 말이라면 무조건 받아들였던 자기 세대와 너무나 달랐기 때문이다. 선생님은 곧바로 다른 아이의 의견을 물었다.

“저는 재밌었어요. 역사적인 사건을 소설로 풀어서 더욱 이해가 쉬웠고요. 책 읽고 근현대사 역사 찾아보니 이해가 훨 쉽던데요.”

나은이 통통 튀는 목소리로 말했다. 나은 엄마는 딸이 책을 많이 읽은 것 같아 흐뭇한 표정을 지었다.

“저는 구성이 너무 평이해서 실망했어요. 빨치산이었던 아버지의 장례식에 온 사람들 이야기로 서사가 이어지잖아요. 정지아 작가의 첫 작품은 밀도감이 넘치는데, 이 작품은 너무 느슨하다는 생각이 들어요. 비록 베스트셀러지만요. 정지아 작가님은 처음과는 달리 대중의 입에 맞는 작품만 쓰실까요?”

유주가 차분하면서도 날카롭게 말했다. 유주 아빠의 얼굴에 설핏 그늘이 생겼다. 일반 학교에서도 유주의 엉뚱한 질문 때문에 선생님들이 머리를 내저었던 기억이 났기 때문이다.

“선생님 〈님의 침묵〉에서 ‘님’이 왜 꼭 ‘조국’이어야 하는 건가요. 모든 참고서나 기출 문제를 보아도 답은 다 똑같던데요. 님은 그냥 읽는 독자가 임의로 생각하면 안 되나요? 문학 작품을 어떤 틀에 꿰어서 획일적인 답을 요구하는 시험이 싫어요."

유주는 매사에 이런 식이었다. 선생님들도 힘들었지만 유주 자신이 결국은 지쳐서 학교를 그만둘 수밖에 없었다. 유주 아빠는 딸이 또다시 예전으로 돌아갈까 두려웠다.

잠시 침묵의 시간이 흘렀다. 그때 은우가 느긋하게 손을 들었다.

"선생님. 유주의 말에 공감합니다. 저도요."

"우!"

아이들이 일시에 함성을 질렀다. 은우는 유주가 말하는 것이면 무엇이든 오케이였다. 은우는 유주가 책도 많이 읽고 상식이 풍부하면서도 잘난 척하지 않아 좋았다. 덕분에 국어 시간을 좋아하게 되었다. 은우는 지금까지 수업 시간에 텍스트로 읽은 책을 대수롭지 않게 생각했다. 시험 문제를 위한 예문일 뿐이라고 생각했다. 그러나 유주 덕분에 소설을 새롭게 보게 되고, 시를 가슴으로 음미하게 되었다. 뿐만 아니라 은우는 유주가 읽은 책은 모두 찾아 읽으려 애쓰고 있다. 그것이 문화 콘텐츠반 수업의 밑받침이 될 줄 몰랐다.

교단 앞에 선 선생님이 옅은 미소를 머금은 채, 입을 열었다.

"그건 정지아 작가님에게 직접 여쭤 보는 게 답일 것 같은데… 학교에 작가와의 만남 정식으로 신청해 볼게요."

담당 선생님이 농담처럼 답했다. 학부모들의 얼굴에는 선생님이 노련하면서도 학생들의 창의적인 사고를 끄집어내려 애쓰는 것 같아 흐뭇해하는 표정이 역력했다.

교실을 나오다 말고 학부모들은 일제히 맨 뒤 책상에 엎드려 있는 남학생에게 눈길이 멈췄다. 수호였다. 수호는 어제 지구대를 나오며, 교장 선생님과 약속했다. 오전 일반 수업 한 과목과 오후 자기주도 학습 시간 한 강좌는 반드시 들어야 한다고. 약속을 지키지 않으면 진짜 법 앞에 다시 서게 하겠다고 은근히 압력을 가했다. 수호는 마지못해 국어 시간을 택했다.

"책상에 엎드려 잠을 자더라도, 수업에 들어왔다는 것만으로도 변화입니다."

나침반 선생님이 수호를 가리키며 조용히 말했다. 그때였다. 엎드려 있던 수호가 갑자기 고개를 들더니 학부모들을 노려보았다.

"씨발, 내가 동물원 원숭이쯤으로 보이나. 재수없어."

불량스럽게 한마디 던지고는 밖을 향해 냅다 달렸다. 나침반 선생님이 달려 나갔지만 어딘가로 벌써 달아난 상태였다.

"죄송합니다. 아마 뒷산에 갔을 겁니다. 갑자기 부모님들이 들어오셔서 당황했나 봅니다."

나침반 선생님은 자신의 불찰이라도 된 듯 정중히 사과했다.

"수호 때문에 걱정 많이 되시겠어요."

유주 아빠가 걱정스런 표정으로 말했다.

"제가 일정 마치고 찾아서 잘 타이르겠습니다."

나침반 선생님의 말에 학부모들은 걱정은 되지만, 겉으로 드러내지는 않았다. 국어 교실을 나와 영어 교실로 옮겼다. 학부모들은 교실 밖에서 원어민 교사와 눈인사만 끝내고 작은 정원이 있는 뒷마당으로 나왔다. 정갈하게 잘 가꾸어진 정원의 풀과 나무들이 손님을 반갑게 맞았다. 정원 한복판의 물푸레나무가 봄바람에 가지를 흔들며 환영 인사를 건넸다. 작은 텃밭에는 치커리, 당귀, 중국 부추 등 온갖 푸성귀들이 탐스럽게 자라고 있었다. 아이들이 오후 공동 작업 시간에 심고 가꾼 것들이다.

"오랜만에 텃밭 보네요. 다음 달에는 학부모 모임을 텃밭에서 뜯은 쌈채 먹는 걸로 잡으면 어때요?"

나은 엄마가 톡톡 튀는 목소리로 제안을 하자, 학부모 모두 힘차게 손뼉 쳤다. 여유롭게 걸으며 이야기를 나누는 학부모들은 만족스런 표정이었다. 정원엔 작은 동물원도 조성 중이었다. 넓은 닭장에서는 토종닭들이 꼬꼬거리며 학부모들에게 인사를 했다.

"앞으로 야생화도 더 많이 심고 곤충들을 관찰할 수 있는 체험 실험실도 갖출 것입니다. 이 동네에 작은 평수이긴 하지만 밭도 구했습니다. 직접 감자랑 고구마도 심고 추수까지 해 보는 체험을 하려고요."

교장 선생님이 확신에 찬 목소리로 말했다.

"교장이 사유 재산이 많다더니 맞는가 보네. 깊은 사연도 많은 것 같고…"

학부모 중 누군가 속삭이듯 말했다. 곁에 있던 학부모들이 공감한다는 듯 고개를 끄덕였다. 그러나 모두 쉬쉬하는 눈치였다. 발자국 소리에 풀을 뜯던 서너 마리의 토끼 가족이 사람들을 보자 우리 속으로 쏘옥 들어갔다. 텃밭에서는 수탉과 암탉이 야리야리한 열무를 부리로 쪼아 먹었다. 어디선가 지켜보고 있던 지킴이 아저씨가 작대기를 들고 달려와 닭을 쫓았다.

"아무래도 울타리를 만들어야겠어요."

지킴이 아저씨는 교장 선생님에게 툴툴거리곤 사라졌다.

"울타리 없는 학교라서 아이를 보냈는데 울타리가 생긴다니…. 말이 되나요? 갈등 생기는데요. 호홋…."

나은 엄마가 농담처럼 말하자 다른 부모님들도 소리 내어 웃었다.

학부모들이 썰물처럼 가고 나자, 갑자기 학교 전체가 텅 빈 느낌이었다. 나침반 선생님은 한동안 서서 운동장을 응시하다 급히 뒷동산을 올랐다. 수호가 늙은 소나무 아래 웅크리고 앉아 있었다.

"그만 내려와! 김수호!"

나침반 선생님의 목소리는 강압적이거나 협박이 아님에도 카리스마가 넘쳤다. 막 나가는 수호도 나침반 선생님의 말은 거부할 수 없어 어슬렁거리며 내려왔다.

"너, 언제까지 개구리밥처럼 살래? 은우 어머님이 네 생각해서 합의서도 써 주었으면 고맙다는 말 정도는 해야 하지 않니?"

"치사하게 공치사는… 차라리 날 소년원으로 보내라니까요."

"수호야. 요즘은 소년원도 학교야. 정보 학교라는 명칭 몰랐어. 어딜 가나 마찬가지라는 거지."

"정보 학교든 소년원이든 알 바 아니고요. 거긴 막 나가는 꼴통은 있어도 잘난 척하는 애들은 없을 거 아네요?"

수호는 가슴속에 있던 생각을 시니컬한 말투로 던졌다. 안쓰러운 눈으로 수호를 바라보던 선생님은 타이르듯 말했다.

"교장 선생님이 너에게 특별한 관심 있는 거 모르니? 지금 나가면 너, 정말 인생 막장이다. 날개학교에 들어온 이상 나도 널 그냥 보낼 수는 없어."

나침반 선생님은 수호의 다음 말은 들을 것도 없다는 듯, 저벅저벅 앞서 걸었다.

어디선가 불쑥 나온 누렁이 두 마리가 나침반 선생님의 뒤를 졸랑졸랑 따랐다. 수호도 마지못한 듯 누렁이 엉덩이를 차며 걸었다.

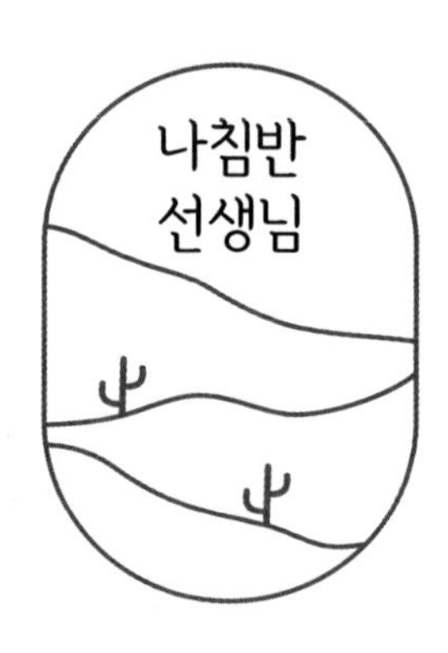

봄볕이 따사롭다. 온 세상이 연둣빛이다. 온갖 매체에서는 '생동하는 봄'을 예찬하느라 바쁘다. 그러나 유주는 병든 닭처럼 넋을 놓고 앉았다. 모든 게 시답잖다. 선생님들이 애써 만든 프로그램도 그렇고, 다른 친구들이 모둠으로 진행하는 프로젝트도 유치할 뿐이다.

'내 눈앞에서 펼쳐지고 있는 모든 것들이 시시해. 애들 소꿉놀이처럼 보여!'

유주는 어딘가에는 반드시 자신이 머물 자리가 있을 거라 믿었다. 날개학교가 구원이 되리라 믿었다. 입학식 준비를 할 때만 해도 기대가 컸다. 시간이 지남에 따라 희망 수치가 점점 줄어들었다. 한편으로는 날개학교마저도 적응 못 하면 인생 낙오자가 될 것 같아 불안하다.

수업 시작을 알리는 종소리가 나자, 유주는 정신을 가다듬기 위해 안간힘을 썼다. 드르륵, 나침반 선생님은 경쾌하게 문을 열고 들어온다.

"독립은 경제와 직결이 되는 겁니다. 날개학교는 대학을 가기 위한 징검다리 학교가 아니라는 것, 누구보다 여러분이 잘 알지요?"

체 게바라의 얼굴이 프린팅 된 셔츠를 입은 나침반 선생님이 목소리를 높였다. 아이들은 알 듯 모르는 듯, 선생님의 다음 말을 기다렸다.

"그런 맥락에서 여러분에게 지금부터 특별한 미션을 줄 거다."

나침반 선생님이 PPT 자료를 보이며 설명했다. 주로 외국 대안학교에서 행하는 행사나 프로그램이었다. 그중에 하나가 '내 손으로 돈 벌기'였다. 나침반 선생님은 그 장면을 고정시킨 뒤, 비장한 얼굴로 말했다.

"우선 둘씩 조를 만든다. 조로 구성된 사람들은 공동 조합원이라 생각하라. 아직도 이 지역은 5일장이 서고 있다. 다음 달 오후 공동 작업 시간에는 재래시장에 나가 각기 조별로 장사를 해 보는 거다. 떡볶이 장사를 하든, 야채를 사다 팔든, 여러분이 알아서 모든 진행을 맡아 하는 거다."

아이들의 눈빛이 빛나기 시작했다.

"와우! 난 떡볶이 장사할래!"

"나는 옥수수 쪄 팔래."

"이 마을 특산물이 뭘까? 그거 직접 농가에 찾아가서 사다 팔면 이윤 대박일 거 같아."

와글와글. 개구리 울음소리처럼 시끄러웠다.

"구체적인 것은 팀을 구성한 다음 실시하도록 한다. 선생님은 재래시장 담당자 만나서 체험 학습 신청할 테니까. 그리 알도록!"

찢어진 청바지 틈새로 단단한 허벅지 살이 다 보여도 상관없다는 듯, 나침반 선생님은 아이들 조 짜는 것에 심혈을 기울였다.

"나은아, 네 팀에 수호도 끼어 줘. 네가 수호를 가장 잘 컨트롤할 것 같으니까."

나침반 선생님의 말에 나은은 거침없이 수호 곁으로 다가갔다. 아이들은 놀란 표정으로 나은의 행보를 지켜보았다.

"수호야, 우리 팀에 너를 스카웃할게. 오케이?"

"뭐래?"

수호는 나은의 너스레가 싫지 않은 표정이다. 수호는 흡연실 사건 이후, 조금씩 날개학교에 적응해 가는 중이었다.

유유상종이라고 자기와 성향이 비슷한 아이들끼리 조를 만들었다. 별 기대 없이 앉아 있는 유주에게 은우가 다가와 손을 내밀었다.

"나랑 같은 팀 하자. 너랑은 뭐를 해도 재밌을 것 같아."

은우가 겸연쩍은 듯 수줍게 말했다. 유주는 못 이기는 척 은우의 손을 잡았다. 무슨 프로그램이든 열정을 보이는 은우라면 그냥 묻어 가도 될 듯싶었다. 이 모습을 본 나은이 유주를 향해 눈을 찡긋

했다. 그러곤 수호에게 특유의 발랄한 목소리로 말했다

"김수호! 우리도 잘해 보자. 넌 장돌뱅이 기질이 차고 넘쳐서 잘 할 거야. 그래도 넌 내 시다다. 히히."

나은의 애교어린 명령에 수호는 옅은 미소를 지었다. 한 달 야외 강좌는 나침반 선생님이 내준 프로젝트로 대체되었다. 아이들은 점심만 먹으면 모여 머리를 맞대고 계획을 짜느라 바빴다.

"호랑이를 잡으려면 그 굴에 먼저 들어가 봐야 하는 것 아냐? 우리 일단 양수리 오일장 구경부터 하는 게 어때?"

유주가 조심스럽게 말했다.

"역시, 너는 몽상가다워. 그래. 우리 같이 탐사 나가 보자."

은우는 유주의 말에 소풍 제의라도 받은 듯 들뜬 얼굴로 따랐다. 유주는 외출증을 받기 위해 나침반 선생님을 찾았다.

"좋은 생각이네. 마을버스 타면 양수리 시장까지 금방이니까. 다녀와. 경험만큼 중요한 건 없으니까. 간 김에 마을버스 시간표도 알아오고."

나침반 선생님은 언제나 긍정 마인드다. 유주는 시들은 배춧잎처럼 처져 있다가도 정신을 차렸다. 보기만 해도 에너지가 넘치는 선생님은 외출증에 사인을 하다 말고 손가락으로 딱, 소리를 내며 외쳤다.

"이참에 모두 재래시장 탐방하고 오도록 해야겠다."

다음 날, 오후 마을버스는 날개학교 전용 버스 같았다. 아이들은 경매 시장에 나가는 상인들처럼 긴장된 표정들이었다. 나은이는 무지갯빛 배낭까지 짊어지고 아이들에게 버스비를 걷었다.

"한꺼번에 걷어 내면 운전사 아저씨가 이쁘다고 칭찬해 줄 거얌. 호호."

나은이가 귀여운 표정을 지으며 말했다. 들에 핀 푸르른 잎처럼 싱그러웠다. 신작로를 지나 버스가 오는 게 보였다. 아이들이 웅성거리며 차에 오를 준비를 했다. 아이들과 전혀 어울리지 않는 수호만이 무심한 얼굴로 서 있었다. 나은이 억지로 끌어 따라오긴 했지만, 여전히 어색하다. 눈치 빠른 나은이 수호 옆으로 다가가 속삭였다.

"수호야. 이거 우리 스무 명 차비야. 네가 내!"

나은이 수호에게 돈을 주며 등을 떠밀었다. 유주는 나은이 수호를 배려하는 모습을 보며 씩, 웃었다.

마을버스는 날개학교 전용차가 되고 말았다. 아이들은 잠시도 입을 다물지 않고 참새 떼처럼 조잘거렸다. 버스에 탄 마을 어르신이 시끄럽다고 소리를 질러도 아랑곳하지 않았다. 양수리 샛강이 보이자, 아이들은 눈이 휘둥그레졌다.

"야, 진짜. 그림이다. 정말 멋져. 저기 청둥오리도 쌍쌍이네. 우리도 쌍쌍인데. 그지?"

나은은 수호와 어깨동무를 하며 장난치듯 말했다. 수호의 굳은 얼굴에 설핏 미소가 번졌다. 요즘 들어 조금씩 수호의 얼굴이 펴지는 것은 순전히 나은의 애교 덕분이다. 나은은 수호에게 일부러 말도 붙이고, 어디든 동참하도록 가이드 역할을 톡톡히 해 주고 있다. 나은은 수호가 겉모습과는 달리 절대로 자신에게는 화를 내지도 않을뿐더러, 무슨 제의를 해도 따라 주어서 좋았다.

"날개학교는 정말 멋진 곳에 세워졌어. 대안학교 검색할 때, 두물머리가 보인다는 말에 우선 관심이 갔지. 산속에서 공부를 한다는 것만으로도 기대가 되었달까. 근데 막상 와 보니 그저 그러네."

유주가 창밖을 내다보며 혼잣말처럼 읊조렸다.

"진짜 그러고 보니 너 요즘 뭔가 고민이 있는 거 같아?"

은우의 말에 유주는 심드렁하게 대답했다.

"그냥… 뭐든 시들해. 시장 놀이는 재미있으려나!"

은우는 유주에게 자기 속을 보여 주고 싶다는 생각이 들었다.

"난, 학교 풍경에는 별 관심 없었구. 날개학교라는 이름이 맘에 들었어. 내 어깨에 날개를 달아 줄 것 같달까. 실은 내가 갈 곳이 여기밖에 없었다는 게 솔직한 답이야. 마지막 비상구… 인 셈이지. 그래서 나를 스스로 몰아붙이는 건지도 몰라. 여기가 끝이니 잘해라. 뭐, 이런 심정으로."

두물머리를 지나 그림 같은 강가를 지나자 어느덧, 양수리 재래시장에 도착했다. 우르르 아이들이 내리고 나자 버스가 텅 비었다. 재잘거리던 아이들이 내리자 기사 아저씨는 아쉬운 듯, 손까지 흔들어 주었다. 양수리 샛강 줄기를 따라 선 재래시장은 그리 크지 않았다. 상인들도 많지 않고, 시장 전체가 한가했다. 특산물도 별로 눈에 띄지 않았다.

"양평은 산나물이 특산이라고 인터넷에 나왔던데… 나물 파는 사람도 별로 없네."

유주가 잔뜩 실망한 목소리로 말했다.

"우리는 어디에 내 가게를 오픈할까나 살펴보면 되지, 뭐."

은우가 시무룩한 얼굴로 서 있는 유주를 달랬다. 다른 아이들도 머쓱해진 얼굴로 터덜터덜 시장을 돌아다녔다. 뿌연 먼지가 아이들이 지나간 자리에 맴돌았다.

"할머니, 할아버지들뿐인데. 우리더러 뭘 팔아 보라고 이런 프로젝트를 낸 걸까? 나침반 선생님도 분명 재래시장 안 나와 봤을 거야."

나은도 답답하다는 듯, 소리를 질렀다. 은우와 유주는 말없이 시장 구석구석을 살폈다. 가끔은 상인들에게 궁금한 것들을 묻는 등, 나름 프로젝트 준비를 하느라 애썼다.

"애들이 무슨 장사여? 괜히 부산 떨지 말고 썩 비켜!"

야채 장사 할머니가 손사래를 치며, 고함을 질렀다. 유주는 괜히 왔다 싶었다. 나침반 선생님이 무책임하다는 생각이 들기도 했다. 수호는 나은이 잠시 한눈을 파는 동안 오토바이 가게 앞에 넋을 놓고 서 있다. 꿈속에서도 타 보고 싶던 V-MAX가 눈길을 끌었다. 당장이라도 저 멋진 오토바이에 올라타고 자유롭게 달리고 싶었다. 주인 몰래 핸들이라도 잡아 보고 싶어, 가까이 다가갔다.

"야, 김수호. 너 뭐 해? 나 혼자 시장 조사하라는 거야?"

언제 따라왔는지 나은이 꾀꼬리 같은 목소리로 소리쳤다.

"휴, 왕재수…."

수호는 길거리서 나은과 싸우기 싫어 마지못해 자리를 떴다. 눈길은 여전히 오토바이에 둔 채.

재래시장에 다녀온 아이들 모두 맥이 빠진 듯했다. 특히 유주는 더욱 심했다. 돌아오는 내내 옅은 한숨을 쉬는 등 실망한 표정이 역력했다. 은우는 옆에서 안절부절못하며 유주의 마음을 잡아 보려 애썼다.

"솔직히 말해 서울이라면 한판 해 볼 만할지도 몰라. 길거리 장사를 해도 젊은이들이 많은 곳이어야 하는 것 아니니? 대학로나 홍대 앞처럼… 소시지만 구워 팔아도 하루 매상이 괜찮을 텐데. 이 시골 바닥에서 뭘 팔라는 거야? 도대체."

유주가 신경질적으로 말하자, 다른 아이들도 웅성댔다.

"도대체 할아버지, 할머니들한테 먹히는 물건이 뭐냐고?"

아이들은 학교에 돌아와서도 모여 앉아 한숨 섞인 넋두리만 늘어놓다 말았다. 누구 하나 재래시장에 나가 돈을 벌 거리에 대해 새로운 아이디어를 내지 못했다. 급기야 나침반 선생님이 들어오자, 불만이 봇물처럼 터졌다.

"차라리 서울 원정 다녀오는 게 낫겠어요. 선생님은 시골 재래시장에서 우리가 돈 벌 수 있는 방법이 있다고 생각하세요?"

이번에도 역시 나은이 총대를 맸다. 수호는 귀여우면서도 할 말은 다 해야 직성이 풀리는 나은이 새롭게 보였다. 지금까지 만나 온 날라리 계집애들과는 달랐다. 나은은 도회지 아이처럼 화려하면서도 때로는 순박했다.

“시장에서 몇 분 만나 봤는데, 장에 나와 멸치 국수 한 그릇 사 드시는 것도 돈 아깝다고 생각하시는 분이 많아요. 그런데… 우리가 뭘 팔아서 경제 활동을 하지요? 날개학교는 너무 이상만 좇는 것 아닌가요?”

유주가 따지듯 말했다. 유주의 당돌한 태도에 은우가 놀란 표정을 지으며 선생님 눈치를 보았다. 나침반 선생님은 한동안 말없이 아이들의 원성을 들은 뒤, 칠판을 탁, 탁 소리 나도록 쳤다.

“여러분은 해 보지 않고 벌써 포기부터 할 건가? 선생님은 돈을 많이 벌라는 뜻으로 이런 프로젝트를 낸 건 아니다. 여러분이 팀워크를 이뤄, 경제 활동을 해 보는 경험에 초점을 둔 거란 말이다. 암말 말고 시행하도록!”

나침반 선생님이 강하게 말했다. 의외였다. 그 정도 반대 의견을 내놓으면 대부분 아이들의 이야기를 들어주는 편이었는데 이번에는 달랐다. 할 수 없이 아이들은 수업이 끝나면 ‘일일 장터’ 프로젝트 준비를 했다.

어찌어찌해서 양수리 재래시장이 서는 날, 아이들은 시장 한 귀퉁이를 차지하고 장마당을 펼쳤다. 학교서 준비해 준 '날개학교 일일 장터'라는 현수막이 무색할 정도로 손님은 뜸했다.

유주와 은우는 술빵과 식혜를 도매로 떼어 와 팔기로 했다. 시골 노인들이 가장 선호하는 간식이라는 정보를 얻었기 때문이다. 나은과 수호는 지역 특산물인 나물을 넣어 부침개를 만들어 팔았다. 노인들을 위해 막걸리도 팔아야 한다는 의견도 나왔지만, 그냥 물김치를 주기로 했다. 부침개는 나은이 하고, 그릇 정리며 손님 접대는 수호가 하기로 했다. 수호는 나은과 손발을 맞추긴 하지만, 눈길은 온통 오토바이 가게에 가 있었다.

날개학교 일일 장터에는 파리만 날렸다. 시골 노인이나 재래시장을 찾은 분들은 아이들의 장터에 관심이 없었다. 그나마 나은이가 만든 나물 부침개가 좀 팔렸다. 아침부터 해가 질 녘까지 종일 서서 손님을 기다렸지만 모두 허탕이었다. 손님을 기다리던 아이들은 패잔병의 심정으로 짐을 쌌다.

"선생님. 보셨죠? 이 남은 물건들 다 어떡해요?"

나은이 금방이라도 눈물을 쏟을 듯, 징징댔다. 수호는 곁에서 머쓱한 표정으로 나침반 선생님을 바라봤다. 유주는 삼 분의 일도 팔리지 않은 술빵과 식혜를 물끄러미 바라보았다. 은우는 남은 물건을 봉지에 싸는 등 일부러 부지런을 떨었다. 나침반 선생님은 아이들의 짐 정리가 끝나자, 허리에 손을 얹고 말했다.

"오늘의 이 경험을 실패라고 생각지 마라. 돈 버는 일이 이토록 힘들다는 걸… 너희는 몸으로 경험한 거다. 돈 주고 살 수 없는 귀한 경험이지."

아이들은 마지못해 공감한다는 뜻으로 고개를 주억거렸다. 유주 또한 천 원 한 장을 버는 것이 힘들다는 것은 알게 되었지만 허전한 마음은 어쩔 수 없었다.

'늘 이런 식이었어. 시도만 하다 끝나는 프로그램들. 실패를 인정하지 않는 선생님. 내가 찾는 길은 이 길이 아닌 것 같아.'

유주는 선생님의 어떤 말도 귀에 들어오지 않았다.

"자, 자, 힘내고. 오늘 남은 먹거리는 학교에 들어가 파티를 열도록 하자."

"와우! 역시 나침반 선생님은 짱! 짱!!"

아이들이 소리쳤다. 파장 분위기이던 재래시장이 아이들의 환호에 갑자기 푸르게 피어나는 것 같았다. 하지만 유주의 얼굴에 드리운 근심의 그물은 사라지지 않았다.

다시 마을버스를 타고 학교로 돌아온 아이들은 금방 잔치 분위기에 휩쓸렸다. 학교 식당에 모여 음식을 나눠 먹는 아이들의 표정은 행복해 보였다. 돈은 벌지 못했지만 색다른 경험을 해 보았다는 뿌듯함이 깃든 얼굴들이다. 유주는 슬그머니 자리에서 일어나 학교 밖으로 나왔다. 그러곤 언덕 위 바위에 앉아 양수리 샛강을 바라보았다. 멀리 보이는 강 위에 붉은 노을이 내려와 앉았다. 유주는 붉은 노을을 보자 갑자기 울컥해졌다. 고질병이 도지는 순간이었다.

'일반 학교처럼 빡세게 수업 시간을 지켜야 하는 것도 아니고, 오늘처럼 시장에 나와 현장감을 익히기도 했지만, 뭔가 알맹이가 없는 것 같아. 싱겁다고! 사람들은 이런 나를 사치스럽다고 생각할지도 몰라. 그러나 난 정말 맥이 빠져서 견딜 수가 없다고!'

유주는 누군가에게 고함이라도 지르고 싶었다.

고소한 부침개 냄새에 누렁이 두 마리가 꼬리를 흔들며 달려왔다. 아이들은 누렁이에게 빈대떡을 나눠 주며 하하호호 웃음꽃을 피웠다. 모두가 아무런 걱정 근심이 없어 보였다. 수호마저도 나은 곁에서 남은 음식을 먹으며 어울렸다. 하지만 유주의 구겨진 기분은 좀체 피어날 기미를 보이지 않았다. 배불리 먹어도 허기진 것처럼, 가슴에 부는 소리는 좀체 잦아들지 않았다. 왠지 불길한 느낌이 들었다. 일반 학교에 자퇴서를 내기 전날 밤처럼.

"커어엉, 컹."

누렁이 두 마리가 장단을 맞추어 우는 소리가 서글프게 들리는 밤이었다.

"날개학교에서도 중간고사를 봐야 해요? 쌤. 정말 짱 나요."

"우리 학교 내신은 그 어디에도 쓸 데가 없잖아요. 대학도 검정고시 점수만 쳐 주는데. 왜 시험을 보는 건대요?"

"그냥 검정고시 준비나 열나게 하면 되잖아요."

"윽! 검정고시 생각만 해도 머리에 쥐부터 나요."

나침반 선생님이 칠판에 중간고사 일정을 적어 놓자 아이들이 아우성이었다. 마치 벌집을 건드린 것 같았다. 무지갯빛 환상을 안고 날개학교에 온 아이들이 조금씩 지쳐 가고 있다는 게 눈에 보였다. 유주는 더 심했다. 재래시장 탐방 이후 도진 병은 가라앉을 줄 몰랐다. 비인가 대안학교이기 때문에 학력 인증에 대한 부담감이 컸다. 자율적인 분위기 속에서 자신이 선택한 시간표대로 수업하고,

오후에 주도적인 수업을 찾아 하는 건 분명 매력적이다. 하지만 그게 전부는 아니었다.

나침반 선생님은 한목소리로 항의하는 아이들을 곤혹스런 표정으로 바라보았다. 아이들은 입학식에서 보이던 재기발랄함과 하늘을 찌를 것 같던 패기는 사라지고, 바람 빠진 풍선처럼 의욕이 없어 보였다.

"우리 그럼 진지하게 검정고시에 대해 이야기 나눠 볼까. 나는 너희들에게 검정고시를 꼭 봐야 한다고 강조한 적은 없다. 너희들은 날개학교가 비인가 학교라는 것도 알고 여기에 왔지? 그것이 그리 큰 문제가 될 거라고 생각지 않은 것도 맞지? 그런데 왜 지금은 검정고시가 골칫덩어리가 된 거지?"

금방 공개토론회 분위기가 되고 말았다. 아이들은 잠시 술렁거리더니 진지한 자세로 토론에 임했다.

"일반 학교와 자꾸 비교하는 건 좀 그렇긴 하지만요. 그래도 어쩔 수 없어요. 처음에는 내 마음대로 시간표를 짜고… 내가 듣고 싶은 수업만을 들을 수 있다는 게 엄청 매력이었지요. 그런데… 그래 봤자 학력 인정을 받는 게 아니라는 현실이… 답답해요. 결국은 검정고시를 봐서 대학에 가는 게 목적이라면 굳이 날개학교에 올 필요가 있을까 싶어 맥도 빠지고요."

유주가 일어나 작정이라도 한 듯 심각하게 말했다. 유주는 자기 안의 또 다른 자아와 싸우느라 얼굴이 많이 야윈 상태였다.

'너무 기대치가 컸던 것일까. 모든 게 다 성에 안 차.'

유주는 여기저기 기웃거려 보았지만 마음에 이거다, 싶은 게 없었다.

"졸업장을 마치 동냥해서 얻는 것 같아 자존심 구겨지고요. 날개학교에서 우리가 배우고, 탐색하고, 연구한 것들은 아무 가치도 인정 못 받고… 기출 문제 몇 번 푼 뒤, 검정고시라는 시험을 치러 인증을 받아야만 하잖아요. 불합리해요. 재미없고요. 이런 것 해서 뭐하나 싶어요."

유주는 그동안 생각했던 것들을 다 털어놓았다. 유주는 왠지 자신이 시험관 안에 든 흰쥐 같다는 생각이 들었다. 새로 생긴 대안학교의 실험용 흰쥐. 너무 비약하는 건 아닌가 싶다가도 모든 것에 회의가 생겼다. 또다시 어디로 갈 것인가. 이 질문을 할 때마다 벽 앞에 선 것처럼 암담했다. 그나마 은우와의 소통이 없었다면 벌써 무슨 일인가를 벌였을 것이다.

"뭐… 제가 대학을 갈지… 안 갈지… 그건 아직 모르겠지만요. 어쨌든 고등학교 졸업장이라도 최소한 있어야 무엇이든 할 수 있는 세상이잖아요. 우린 뭐예요? 이도 저도 아닌 어정쩡한 자리가 불안해요, 쌤."

다크서클이 생길 만큼 눈이 움푹 들어간 유주가 끝없이 질문했다. 다른 아이들은 입에 자물쇠를 채운 듯 가만히 앉아 있었다. 은우만이 안타까운 표정으로 유주를 바라보았다. 나침반 선생님은 곤혹스런 표정으로 말을 이었다.

"유주가 정말 생각이 많은가 보구나. 일단 미안하다. 학교 인증을 받기 위해서는 돈도 많이 들어야 하고 학생들도 더 모집해야 하는 등의 큰 문제를… 너희들에게 떠맡긴 것 같아서… 하지만 날개학교는 대학을 가기 위한 학교는 아니다. 처음부터 이 점은 분명히 명시했다. '대학을 왜 가려고 하는가?'에 대한 자기 검증이 끝난 다음에 생각해도 된다."

유주가 나침반 선생님의 말을 끊고 들어왔다.

"선생님. 그건 굉장히 무책임한 말씀인 것 같아요. 아니면 너무 이상주의적인 발언이시구요. 물론 우리가 여기 좋은 대학을 가기 위해 온 것은 아니에요. 하지만… 적어도… 학생이 검정고시라든가 졸업장 때문에 부담을 느끼지는 말아야 하는 것 아닌가요?"

나침반 선생님은 유주의 마음을 이해하면서도 마치 따지듯 묻는 태도에 약간 마음이 상했다.

"자, 흥분하지 말고… 학교는 너희들이 졸업장이라든가 검정고시를 이토록 무겁게 생각하는 줄 몰랐다. 그러나 선생님은 이렇게 생각한다. 졸업장보다는 너희들이 하고 싶은 일과 잘할 수 있는 분야를 찾는 것이 우선이 되어야 한다고 말이다. 예를 들면 유주 네가 언젠가 말했던 NGO로 활동하고 싶다는 생각이 확고해졌다면… 그 길을 가기 위한 방법을 찾는 게 우선이다. 그때 졸업장이 필요하면 검정고시를 보면 되는 거고. 검정고시는 너희들이 생각하는 것처럼 힘든 과정이 아니다. 여기서 수업하는 것만 충실히 하면 별도로 준비하지 않아도 된다. 그러니 미리 너무 겁먹을 필요가 없다는 말이다."

"그래도 선생님… 점점 더 검정고시도 부담되고, 일단 대학에 들어간다 해도… 그 후도 걱정이에요. 일반 학생들처럼 입시 공부를 빡세게 하지 않고도 대학 수업을 들을 수 있을지도 두려워요. 모르겠어요. 뭐가 뭔지. 대안학교에 오면 모든 것에 대한 대안이 완벽하게 갖춰진 줄 알았어요. 근데 스스로 만들어 가야 한다는 게… 솔직히 부담스러워요."

은우가 유주를 거들었다. 자신도 그 부분이 부담이 되었던 건 사실이다.

"그런 두려움은 누구나 갖고 있을 거다. 너희들은 일반 학교를 자퇴했거나 해외 유학까지 다녀온 친구들이니까. 보이지 않는 미래 때문에 불안해서 여기까지 온 것 아니니? 이제 너희들이 할 일은 한 가지다. 자기와의 싸움에서 이기는 것과 정말 자신이 하고 싶은 일이 무엇인가를 찾는 것!"

아이들의 의문이나 고민이 하나도 해결된 듯한 기미가 보이지 않자, 나침반 선생님은 곤혹스러운 표정이었다.

"검정고시라는 작은 화두에 너무 매달리지 말라는 말이다. 너희들은 지금 의욕은 있지만… 뭘 어떻게 해야 할지 답답한 거다. 핵심은 검정고시가 아니지. 내 말 맞지?"

"맞아요. 선생님. 우린 지금 어디로 가야 할지 길이 보이지 않아요. 길 좀 찾아 주세요. 제발. 쌔-앰. 헤헤."

나은이 무겁게 가라앉은 분위기를 바꿔 보려 일부러 코맹맹이 소리를 냈다. 발랄 상큼 분위기 짱다웠다. 나침반 선생님이 이마에 땀을 닦으며 칠판에 무엇인가 쓰려는데 갑자기 의자 끄는 소리가 들렸다.

"그깟 검정고시가 뭐 대수라구. 빵에 있는 애들도 눈 감고 시험 보는 게 검정고시야? 근데 오만 잘난 체는 다 하는 찌질이들이 그깟 검정고시 때문에 벌벌 떨다니. 진짜 웃겨."

수호가 느닷없이 일어나 한마디 툭 던졌다. 아이들은 일제히 수호를 돌아보았다. 책상에 엎드려 있던 태도도 많이 달라지고 이런 발언까지 하는 걸 보고 모두 의아한 표정이었다.

"검정고시… 개나 소나 다 보는 거야. 눈 감고도 보면 통과한다는 것도 모르고. 나도 보면 철썩 붙을 거다. 쩝. 찐따들."

수호가 한심하다는 듯 말했다. 수호의 말에 나침반 선생님도 놀란 듯 그를 바라보았다.

"수호 말에도 일리는 있다. 검정고시는 그야말로 최소한의 기초 지식만 있으면 되는 거지. 대신 여러분은 다양한 경험과 실질적인 체험을 통해 지식을 습득하잖니."

"진짜루 빵에서 검정고시 통과하는 애들 많아요. 두타파에 있는 꼴통들도 다 붙는 게 검정고시예요. 괜히 쫄아서들… 쯧쯧."

수호가 답답하다는 듯 가슴을 치며 말했다.

"수호가 우리 속으로 들어와 함께 이야기를 나눠서 좋다. 자, 자, 자… 우리 다시 힘을 내자. 지금 여러분의 혼돈스러운 부분을 모르는 건 아니다. 혼돈스러울수록 침착하게 나가는 거다. 아무튼 시험을 위한 공부가 아니라, 책 속에 있는 모든 지식과 정보들을 자신의 것으로 만드는 작업을 해 보도록 하자."

나침반 선생님의 말과 동시에 수업을 마치는 종소리가 울렸다. 나침반 선생님이 나가고 난 뒤, 혼곤한 잠 속에서 깨어난 듯 눈이 빛나는 아이도 있고, 일부는 아직도 깊은 잠 속에 빠져 있듯 몽롱한 아이도 있었다. 유주는 모든 것이 혼돈스러웠다. 자신이 진짜로 두려워하는 것이 무엇인지조차 몰랐다. 특히 수호의 돌출 발언을 듣고 나니 더욱 그랬다.

유주는 멍하니 창밖을 바라보았다. 창밖은 온통 푸르렀다. 자연의 축제였다. 작은 정원의 야생화들은 자기만의 빛을 발하고 있었다. 아이들 사랑을 한몸에 받는 '흰 토끼 가족'은 석양의 빛을 온몸으로 맞으며 나른한 휴식에 빠져 있었다. 울타리 대용으로 심은 은빛 자작나무는 물결치듯 하늘거리고 화살나무의 연초록 이파리들이 연신 바람에 흩날렸다. 화사하면서도 감미로운 햇살 등이 찬란하지만, 유주 마음은 한겨울처럼 꽁꽁 얼어 갔다. 오히려 푸르러서 더욱 시린 봄날이었다.

"우리, 저녁 식사 시간 땡땡이치자. 내가 멋진 코스 개척했는데…

같이 가자."

은우가 며칠째 우울증 환자처럼 늪 속에 빠져 있는 유주를 잡아끌었다. 그대로 놔두면 무슨 일인가를 벌일 것 같아 두려웠다.

"너 이러다 증발해 버릴 것 같아 불안해."

"그랬으면 좋겠다. 소리 없이 사라질 수 있다면…."

"말도 안 되는 소리 그만해. 걷다 보면 기분도 나아질 거야."

유주가 마지못해 은우의 뒤를 따랐다. 다행히 아이들은 식당으로 몰려가느라 유주와 은우가 사라진 것도 몰랐다. 그러나 올망졸망 꽤 많은 열쇠가 달린 꾸러미를 들고 산모퉁이를 돌던 수호는 두 사람을 목격했다. 하지만 수호는 자신의 목마름이 더 중요했기에 다른 길로 접어들었다.

황톳길은 사진 속의 풍경처럼 고즈넉했다. 학교 뒷산에 이토록 멋진 길이 있을 줄, 유주는 미처 몰랐다. 히말라야의 설산을 오를 때처럼 설렜다.

"저 작은 산봉우리만 넘으면 진짜 그림 같은 동네가 나온다."

은우의 말을 듣는 순간, 유주는 온몸에 피돌기가 왕성해지는 걸 느꼈다. 미지의 땅을 밟는 순간만큼은 그곳이 어디든 흥미로웠다. 유주는 조용히 주변을 돌아보며 걸었다. 은우도 달콤한 침묵을 방해하고 싶지 않아 말없이 뒤따랐다. 땅거미가 지면서 사방이 어둑해졌다. 은우가 살며시 유주 손을 잡았다. 유주는 은우의 손끝이

미세하게 떨리는 걸 감지했다.

"와, 남방바람꽃이네… 그럼 딱정벌레들도 많겠다."

유주가 숲속에 핀 작고 앙증맞은 흰 꽃을 보며 소리를 질렀다. 은우는 숲에 들어서자 완전히 딴사람이 되는 유주가 신기했다. 그 순간은 유주가 강하고 똑똑한 여학생이 아닌 귀여운 여동생 같았다.

"내 눈엔 그냥 하얀 꽃일 뿐인데… 어떻게 그렇게 꽃 이름을 잘 아냐? 남방바람꽃이 핀 곳엔 딱정벌레도 있나 보지?"

"아빠랑 여행 다니면서 배운 거야. 남방바람꽃은 청정지역에만 피는 귀한 꽃이라던데… 어떻게 여기에… 놀라워. 딱정벌레들의 데이트 장소가 남방바람꽃이래. 재밌지?"

유주는 하얀 꽃에 코를 갖다 대며 킁킁댔다. 그러면서 연신 '놀라워, 신기해'를 외쳤다. 은우는 유주의 그런 모습을 신비로운 눈으로 바라보았다.

"그럼 유주의 딱정벌레는 은우인 셈인가? 하하."

은우가 농담하듯 말했다. 유주는 순간 자신도 모르게 까르르 웃었다.

"넌 식물박사 같아. 이제 기분 좀 나아졌지?"

"그래. 고마워. 근데 너무 깜깜해지는 것 같다. 빨리 돌아가자."

남방바람꽃 때문에 너무 시간을 지체한 것 같았다. 왠지 을씨년스럽고 무서웠다. 온몸에 소름이 돋기도 했다. 은우는 놓았던 유주의 손을 다시 꽉 잡았다. 둘은 오르던 산길을 되돌아 급한 걸음으로 걸어 내려왔다. 은우의 손이 땀으로 범벅이 되었다. 유주는 은우의 손을 잡은 채, 부지런히 학교를 향해 걸었다.

"난, 아무래도 학교라는 괴물과는 안 맞는 것 같아. 내가 듣고 싶은 수업 듣고, 튀는 애도 없고, 선생님들도 모두 대단하신데… 난 흥미가 없어. 점점 더 그러네. 그냥 어디론가 훠훠 돌아다니고만 싶어. 난 보헤미안 기질을 타고난 아빠를 닮았나 봐."

산에서 내려와 학교 건물이 보이자, 유주가 집 나온 아이처럼 겁먹은 얼굴로 말했다. 은우는 유주의 이어질 말이 겁이 나 일부러 잡은 손에 힘을 주었다.

"기숙사 생활도 답답해. 똑같은 시간에 같이 밥 먹고, 운동하고, 잠자고…. 매일 같은 얼굴 보며 눈 떠야 하는 생활…. 지루해 미칠 것 같아."

유주의 말에 은우는 정말 걱정이 된다는 듯, 말없이 유주의 눈을 들여다보며 말했다.

"네가 남달라서 그래. 넌 이미 세상을 다 아는 것 같아."

은우는 긴 말 대신 유주의 어깨를 꼭 안아 주었다. 분명 가슴이 미세하게 떨렸다. 하지만 내색은 않았다. 유주도 숨소리조차 죽인 채, 깊은 생각에 잠겨 있었다. 그때였다. 갑자기 유주와 은우 앞에 시커먼 그림자가 드리웠다. 둘은 하마터면 소리를 지를 뻔했다. 정신을 차리고 보니 나침반 선생님이 유주와 은우를 바라보고 있었다. 그때 수호가 마을에 나갔었는지 어슬렁거리며 들어왔다. 나침반 선생님을 본 수호는 당황한 듯 주머니에 손을 집어넣었다. 유주가 수호의 주머니 쪽을 내려다보자, 수호는 불안한 듯 허둥댔다.

"니들 저녁도 안 먹고 맘대로 그렇게 돌아다녀도 되는 거야? 걱정했잖아."

나침반 선생님의 쩌렁쩌렁한 목소리가 하늘을 찔렀다. 나침반 선생님의 말에도 아랑곳없이 수호는 부리나케 학교 안으로 들어갔다. 은우는 연신 죄송하다며 머리를 조아렸다. 유주는 빌지 않았다. 아니 빌 수조차 없을 만큼 의욕이 없었다.

"다시 끝없는 미로 속으로 빨려 들어가는 것 같아요. 여기도 내가 설 자리가 아닌 듯싶어요. 쌤."

유주는 독백처럼 자기 속내를 털어놓았다. 나침반 선생님은 할 말을 잃은 듯 멍하니 유주를 바라보다, 말없이 안으로 들어갔다.

유주는 떨어지지 않으려는 은우를 억지로 보내 놓고, 혼자 학교 밖으로 나와 저수지를 향해 걸었다. 컴컴한 길을 혼자 걷는 것이 두렵지만 조금만 더 생각하고 싶었다. '샘터 저수지'라고 씌인 낡은 팻말이 보였다. 능수버들이 그림처럼 늘어진 곳에 앉아 학교를 바라보았다. '폐교'를 현대식으로 리모델링한 건물이지만 아름답다. 유주가 날개학교를 선택한 데는 고래 모양으로 지은 학교 건물도 한몫했다. 그 안에 들어가 공부를 하면 저절로 헤엄을 쳐 나갈 바다가 보일 줄 알았다. 유주는 처음 원서를 넣을 때의 초심이 그리웠다.

마음과는 달리 자꾸만 빗나가려는 자신이 싫다. 입학식 날 입었던 고래 옷이라도 다시 입어야 하는 걸까? 생각에 생각이 꼬리를 잇자, 머리가 어지러웠다. 길을 잃을 것만 같아 되돌아섰지만 다리가 휘청거렸다.

가로등조차 없는 들길을 걷던 유주 앞에 검은 어둠이 드리웠다. 뱃멀미하듯 속이 울렁거렸다. 정문 앞에서 잔뜩 걱정스런 얼굴로 서 있던 은우가 유주를 보자 얼굴에 화색이 돌았다. 누렁이 두 마리도 유주를 보자 반갑다고 꼬리를 흔들었다. 휘청거리던 유주는 은우 앞에서 볏짚단처럼 맥없이 쓰러지고 말았다.

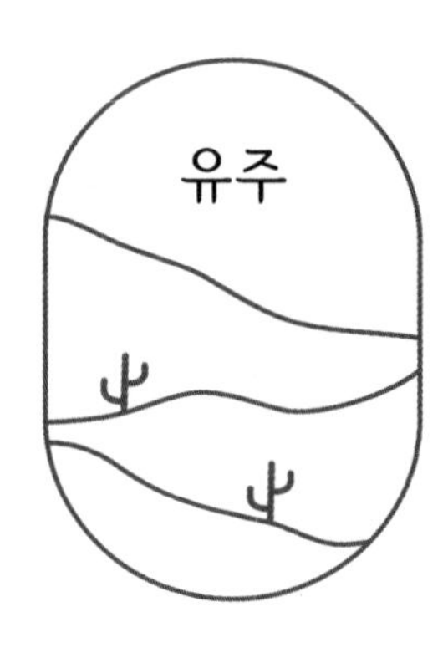

말도 많고 탈도 많던 중간고사가 끝나자 부쩍 햇살이 뜨거워졌다. 학생들은 각기 자신에게 맞는 수업안을 잡느라 바빴다. 8월에 있을 검정고시 강화반에 들어가는 아이도 있고, 교환 수업으로 다른 지역 대안학교에서 오는 학생도 있고 반대로 교환 학생으로 떠나는 아이들도 생겼다.

은우는 나침반 선생님 반의 조교로 많은 것을 진행하느라 바빴다. 수호는 교실에 들어오긴 해도 학습 진도 제로 상태는 그대로다. 바뀐 게 있다면 눈빛이다. 아무나 건드리며 노려보던 습관은 확실히 줄었다. 모두가 나은 덕분이다. 나은은 때로는 엄마처럼, 누나처럼, 귀여운 여동생처럼 수호를 감싸 줬다. 그런 나은이 선전포고를 했다. 기술을 습득할 때까지 이천 도자기학교로 교환 수업을 나간다는 것이다.

“내 적성에 딱인 걸 발견했잖아. 우리 학교는 대형 물레도 없고, 재료도 별로 없어서 진도가 나가지 않아 답답했거든. 수호, 너, 나 없어도 학교 토끼지 않을 거지?”

수호를 향해 나은이 직격탄을 날렸다.

“꼴까고 있네. 니가 내 여친이냐?”

수호는 속마음을 감춘 채, 대꾸했다. 나은도 수호에게 속내를 드러낸 적은 없다. 늘 농담처럼 마음을 비쳤을 뿐. 그러나 자신이 잠시 학교를 떠난다는 말에 수호의 얼굴빛이 변하는 것을 보니, 마음이 편치 않았다.

“너하고 나는 소울메이트잖아. 애인보다 더 좋고 여친보다 백 배 더 좋은 소울메이트! 근데 꼴통인 네가 소울메이트가 무슨 뜻인 줄은 알기나 할랑가 몰라.”

나은 또한 마음과는 달리 농담처럼 말했다. 나은은 그러면서도 수호가 걱정되어 눈치를 살폈다.

“잘할 거지. 나 없어도? 너도 뭔가 하고 싶은 게 있을 텐데. 내가 자주 연락할게.”

수호는 무슨 말인가 하려다 말았다.

“나은아. 넌 좋겠다. 하고 싶은 게 있어서….”

며칠째, 축 처져 있던 유주가 나은의 손을 잡으며 말했다.

“너는 똑똑하고 글도 잘 쓰고 그런 애가… 무슨 말이야? 왜 무슨 문제 있어?"

나은이 놀란 표정으로 물었다. 유주는 소리 없이 웃는 것으로 대답을 대신했다. 자신도 문제의 핵심을 모르는데 무슨 대답을 할까. 나은이처럼 재밌게 학교생활을 하며 이 길 저 길 찾아갈 수 있으면 얼마나 좋을까. 그저 부러울 뿐이다.

'나는 사회 부적응아인 것 아닐까. 폐인이 되는 건 아닌가.'

유주는 부쩍 생각이 많았다. 패배자처럼 느껴졌다. 거기다 늘 곁에서 활력을 주던 나은이마저 떠난다니 상실감이 컸다. 유주는 가끔 어지럽기조차 했다. 모든 게 흔들렸다. 밤새 뒤척이다 간신히 잠이 들곤 하는 나날의 연속이었다.

새끼 고래 한 마리가 여행을 떠났다. 잔뜩 기대감에 부푼 새끼 고래는 힘차게 달렸다. 깊은 바다를 홀로 유영한다는 건 환상적일 것 같았다. 맘껏 헤엄쳐 멀리 가리라. 굳게 다짐한 새끼 고래는 휘파람을 불었다. 그러나 바닷속엔 예상치 못한 장애물이 많았다. 가는 곳마다 천적들이 발목을 잡았다. 새끼 고래는 안간힘을 썼다. 그런데 바닷속 독초는 새끼 고래를 휘감고 놔줄 생각을 않았다. 새끼 고래는 올무에서 빠져나오려 몸부림을 쳤지만 역부족이었다. 새끼 고래는 너무 고통스러워 고래고래 소리를 질렀다.

"아악!"

지난밤 꿈이었다. 유주는 예사롭지 않은 꿈에 등골이 오싹했다.

'계시인가?'

은우와 잠시 남방바람꽃을 보며 머리를 식히긴 했지만, 가슴속에 일렁이는 바람은 멈추지 않았다. 원서를 넣고 면접시험을 보러 다니며 꿈꾸었던 세상은 그 어디에도 없었다. 설 자리가 보이지 않았다.

'또다시 짐을 꾸려야 되는 건가?'

유주 자신도 어찌해야 할지 몰랐다. 그저 숨이 막혀 살 수 없다는 것 외에는.

유주는 종일 도서관 책꽂이 앞에 서 있는 시간이 많았다. 책은 보호막이자 고통을 잊게 해 주는 진통제였다. 유주는 일반 학교에 다닐 때도 책을 읽거나 영화를 보느라 밤을 샌 적이 많았다. 역사 담당 선생님은 유주에겐 특별한 분이었다. 유주의 엉뚱한 질문에도 진지하게 답해 주었고, 가끔 방과 후에는 매점에서 아이스크림을 사 주며 이야기를 나누기도 했다.

"책을 많이 읽는 건 좋은 거지. 맘껏 책만 읽을 수 없는 풍토가 잘못된 거야. 너처럼 책 읽는 걸 좋아하다 보면, 저절로 세계 공부도 되고 역사도 알게 되는 법인데… 넌 다른 아이들처럼 시험 대비용으로 책을 읽는 게 아니어서 보기 좋다. 선생님 학창 시절만 해도 지금처럼 삭막하진 않았는데…. 너희가 시절을 잘못 만난 거지."

유주는 선생님에게 인정받은 것 같아 기분이 좋았다.

"제가 경마장 위에 선 말 같아요. 독서 평가 시험도 그래요. 어린 왕자에 나오는 전체적인 주제가 중요하지 왜 등장인물들의 이름들을 숨은 그림 찾듯 문제를 내는지 모르겠어요. 전 책을 주인공의 이름이나 지명 등을 외우면서 읽고 싶지는 않거든요."

"변별력을 기르기 위한 한 방편이라고 하지만…. 네 말이 맞다. 근데 넌 너무 잡식성으로 책을 읽는 거 같더라. 다양한 것을 많이 읽는 것도 중요하지만, 곱씹듯 깊이 음미하면서 읽는 훈련도 필요하다."

유주는 바람에 희끗거리는 머릿결을 넘기며 무슨 말이든 들어주는 선생님과 있으면 행복했다. 한때는 그 선생님에게 칭찬받기 위해 왠지 폼 나 보일 것 같은 서적을 가방에 넣고 다니기도 했다. 유주가 끝내 자퇴하겠다고 했을 때도 그 선생님만은 다그치거나 연민의 눈길로 바라보지 않았다.

"넌, 분명 너만의 독특한 빛을 내며 살 거다."

선생님은 유주가 좋아할 것이라며 책을 건넸다. 베르나르 올리비에의 『나는 걷는다』라는 책이었다. 유주는 선생님의 마음을 헤아리며 단숨에 읽었다. 알고 보니 시리즈였다. 유주는 선생님이 준 1권을 읽고, 다음 날로 책방에 나가 2권과 3권을 사서 꼼짝 않고 앉아 읽었다. 30년간 기자 생활을 했던 올리비에가 퇴직한 후, 이스탄불에서 중국의 시안까지 1만 2000킬로미터에 달하는 실크로드를 걸으며 쓴 글이었다. 책 속에 우주가 담겨 있었다. 유주는 앞으로 어쩌면 자신도 올리비에처럼 어딘가를 하염없이 걸으며 살지도 모른다는 생각이 들었다. 유주는 날개학교에 온 후론 처음으로 『나는 걷는다』를 들춰 보았다. 오랜만에 다시 보니 한 번도 읽지 않은 것처럼 새로웠다. 책갈피에 숨어 있던 내용들이 숨바꼭질하듯 튀어나왔다. 작가인 올리비에가 낯선 마을에 들어가 쭈뼛거리면 자신도 긴장이 되었다. 도로를 걷고 있을 때 자동차가 태워 주겠다고 서도 거부하고 묵묵히 걷던 작가. 멋있었다. 유주는 언젠가 사막을 꼭 한 번 걷고 싶다는 생각이 들었다.

자퇴하고 나면, 무작정 자유로울 것이란 기대는 없었다. 그럴 만큼 유주가 철부지는 아니었다. 오히려 자신이 택한 선택이었기 때문에 중압감이 컸다. 무엇보다 다른 아이들 교복 입고 가방 메고 학교에 갈 시간에 방에 처박혀 있는 딸의 얼굴을 보는 걸 못 견뎌 하던 엄마와의 싸움이 힘들었다.

"니 아빠 역마살 때문에 평생 엄만 힘들었는데 너마저? 도대체 넌 뭐가 되려고 그러니? 앞으로 너와 하루 종일 이렇게 얼굴 맞대고 살아야 하는 거냐구? 엄마 미쳐 버리는 꼴 보려고 작전이라도 짠 것 같구나. 니 아빠와."

유주는 우아하던 모습은 간데없고 악다구니만 남은 엄마가 낯설었다. 엄마는 주위 사람들의 눈을 많이 의식했다. 유주와 같이 있는 시간을 병적으로 싫어했다. 점점 더 신경질이 늘어 가고 걸핏하면 짜증을 냈다. 유주 또한 엄마와 같은 공간에 있는 것이 싫었다. 엄마와 사사건건 부딪치는 시간이 지옥이었다. 그때마다 아빠가 중재자가 되어 주지 않았다면 유주는 견디기 힘들었을 것이다.

“이번에 마침 일 맡은 것도 있고, 유주 데리고 네팔 다녀오겠소. 그동안 당신도 마음 좀 다스리구려.”

유주에게 아빠는 늘 든든한 동행자이자 후원자였다. 책을 읽으며 어딘가 여행을 다녀오고 싶었고, 엄마와의 신경전도 버거웠는데 설산이라나니. 하늘이 준 기회였다. 유주는 몇 날 밤을 설쳤다. 어려서부터 아빠가 사진 촬영을 하는 곳은 많이 다녀 보았지만 해외는 처음이라 더욱 기대되었다. 더군다나 유주는 학생도 아닌, 그렇다고 일반인도 아닌 그야말로 백수 아닌가. 여행하기 딱 좋은 조건. 백수. 자퇴생….

네팔 룸비니 공항은 시골 간이역처럼 한적했다. 카트만두에서 룸비니까지 경비행기로 두세 시간 정도 타고 온 열댓 명의 사람들은 내리자마자 어디론가 사라졌다. 유주는 캡 모자를 뒤집어쓰고 공항 밖으로 나왔다. 민소매를 입고 온 걸 금방 후회할 정도로 햇살이 따가웠다. 가만히 있어도 살갗이 익을 것처럼 지글거렸다. 짐을 찾아 나가자 네팔에 정착해서 살고 있는 아빠의 후배가 마중을 나왔다.

"나마스떼!"

산 사나이처럼 생긴 아빠의 후배가 정겹게 인사했다.

"나마스떼!"

"나마스떼!"

유주는 앵무새처럼 아빠를 따라 했다. 실은 방송 여행 프로에서 많이 들은 인사말이라 낯설지 않았다.

"먼길 오느라 수고했다. 아하. 멋진 숙녀님이 다 됐네. 아장아장 걸을 때 봤는데…. 아무튼 축하해. 여기 있는 동안 아저씨가 멋진 가이드 되어 줄 테니…. 맘 편히 즐거운 여행 되어라. 핫하…."

아빠의 후배는 연신 너털웃음을 지었다. 후텁지근한 날씨와 따가운 태양 때문에 짜증스러워지려던 마음이 아저씨 덕분에 후루룩 날아갔다. 지프는 울퉁불퉁한 비포장도로를 거침없이 달렸다. 소들이 차도를 초원처럼 유유히 걸어 다녔다. 오히려 자동차와 사람들이 소를 피해 주느라 애쓰는 모습이 신기했다. 누더기 옷을 입은 아이들이 "원 달러"를 외치며 관광객을 쫓아다녔다. 아빠 후배의 자동차 앞에도 아이들이 파리 떼처럼 몰려들었다.

"아이들에게 돈을 주는 건, 자비가 아니라 독이란다. 괜히 마음 아프다고 일 달러라도 던져 주면 안 돼. 나도 맨 처음에는 마음이 짠했지. 근데 쟤들이 구걸해 오는 돈으로 부모들은 지금 마약하고 누워 있다면 믿겠니? 이토록 관광객이 많은데도 이 나라가 못사는 건 바로 어른들 때문이란다. 여긴 부모들이 아이들 학교 보낼 생각을 않아. 그저 원 달러, 원 달러만을 가르칠 뿐…."

아빠 후배는 주먹에 힘을 주며 열변을 토했다. 만약 아저씨의 말이 아니었다면, 유주는 아빠에게 차를 세우고라도 아이들에게 돈을 주었을 것이다. 그런데 자신이 건네는 돈이 아이들을 더욱 수렁 속으로 밀어 넣는 결과라니. 가슴이 얼얼했다. 창밖의 먼지로 가득 덮인 가로수들과 구걸하는 아이들을 보면서, 유주는 비로소 낯선 이국땅에 왔다는 게 실감 났다.

산골짜기마다 관광객이 드문드문 보였다. 울긋불긋 등산복 차림의 관광객 앞에는 반드시 원주민 소년들이 있었다. 유주는 궁금해서 아저씨한테 물었다.

"포터란다. 관광객들의 짐을 들어 주는 거지. 저렇게 큰 짐을 지고 종일 산을 오르내린단다. 가족의 생계를 책임진 아이들이지."

유주는 가슴이 벌렁거렸다. 자신과 비슷한 나이인데 신발도 못 신은 채, 손님들의 짐을 옮기는 아이들이라니.

"여기 아이들은 카트만두에 나가 학교 다니는 게 소원이란다. 평생 포터로 살고 싶지 않은 거지."

아저씨의 혼잣말이 유주 가슴에 비수처럼 와 닿았다.

'난 학교 다니기 싫다고 자퇴하고 여기까지 왔는데…'

유주는 네팔 여행을 마치고 돌아와 곧바로 대안학교 검색에 들어갔고 그중에 몇몇 학교는 직접 아빠와 찾아가 상담을 해 보기도 했다. 생각보다 다양한 색깔을 갖고 있는 대안학교가 많았다. 그중에 자신에게 맞는 학교를 찾는 일도 만만치는 않았다. 그중에 신생 학교지만 가장 비전이 있어 보이는 곳이 날개학교였다.

"멀리 나는 새가 더 넓은 세상을 볼 수 있다. 아이들에게 주도적인 교육으로 스스로 힘찬 날갯짓을 할 수 있는 방법을 가르치는 학교. 다양한 아이들의 길 찾기의 명문이 될 날개학교."

학교의 설립 의지가 우선 가슴에 와 닿았다. 유주는 멀리 날아가 보고 싶었다. 넓은 세상을 훨훨 날아갈 튼튼한 날개를 달고 싶었다. 인터넷에 뜬 학교 풍경 또한 유주의 마음을 사로잡았다. 양수리 샛강이 보이는 산 중턱에 있는 작은 학교의 전경이 어머니의 품처럼 편안해 보였다. 비록 사진이긴 하지만 사방이 분홍 벚꽃으로 둘러싸여 있는 교정이 그림처럼 아름다웠다. 서울에서 가까운 거리라는 점도 마음에 들었다. 엄마와 아빠도 유주의 선택에 전적으로 지지해 주었다.

유주는 그때 가졌던 기대와 설렘이 날개학교에 온 지 얼마 되지 않아 물거품이 되는 것 같아 안타까웠다. 유주는 가슴에 시도 때도 없이 부는 바람을 잠재우려 애꿎은 책만 뒤척였다.

'무한대의 자유…. 넘치는 자유가 오히려 날 옭아매고 있어. 자율이라는 무대에서 내가 하고 싶은 게 없어. 무엇을 해도 싱겁고

장난처럼 느껴져. 왜일까. 난 보헤미안처럼 어딘가를 정처 없이 떠돌고 싶다. 여긴 숨이 막혀. 내가 너무 허영에 찬 것일까.'

유주는 꺼내 놓은 책 모퉁이에 미친 듯 낙서를 했다. 일반 학교에 자퇴를 낼 때보다 더 막막했다. 여기서 그만두면 또 어디로 가야 할지. 무섭고 두려웠다. 무작정 사막을 찾아갈 수도 없고. 엄마의 절망에 찬 눈을 보는 것도 두려웠다. 엄마의 자랑은 못 될지언정 부끄러운 딸은 되고 싶지 않은데. 유주는 벼랑 끝에 선 것처럼 막막했다.

새벽녘에 꾼 고래의 꿈이 주는 의미가 뭘까. 유주는 침대에서 일어나 옷을 주섬주섬 입었다. 유주는 불현듯, 은우를 불러내고 싶은 충동이 활화산처럼 일었다. '이건 미친 짓이야.' 자신을 타이르지만 어쩔 수 없었다. 마음과는 달리 이미 유주는 남자 기숙사를 향해 걸어가고 있었다.

정겹게 엉켜 자고 있는 누렁이가 깰까 봐 유주는 살금살금 뒤꿈치를 들고 걸었다. 다행히 양수리 샛강에서 올라온 새벽안개가 유주의 발자욱을 감싸안았다.

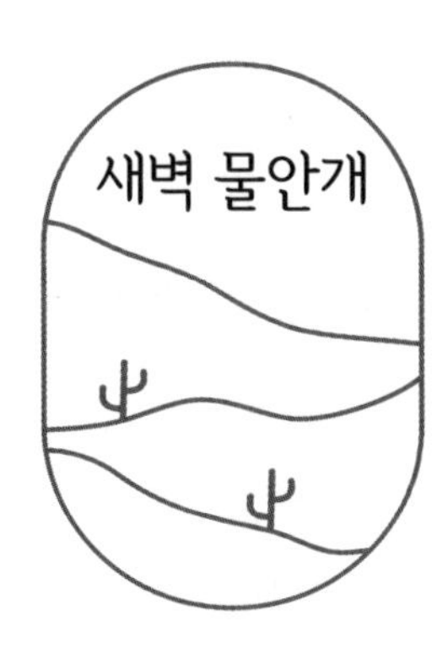

남자 기숙사는 정문 밖 마을로 접어드는 길목에 있다. 유주는 숨을 고르고 마을을 내려다보았다. 샛강에서 올라온 물안개에 감싸인 마을은 더없이 평화로웠다. 유주는 자신도 어서 혼돈의 늪을 벗어나고 싶었다. 밤도둑처럼 살금살금 걸어 기숙사에 다다랐다. 새로 지은 건물이라 보완 장치가 잘된 여자 기숙사와는 달리, 폐가를 개조한 남자 기숙사는 허술했다. 유주는 대문도 없이 달랑 건물뿐인 기숙사 안으로 들어섰다. 방마다 투숙하고 있는 학생의 이름이 있었다. 입구에 있는 허름한 방에 은우의 이름이 보였다. 다리가 후들거리고 심장이 펌프질하듯 떨렸다. 돌아갈까. 발길을 돌렸다 다시 문 앞에 서길 반복했다. 끝내 유주는 은우에게 문자를 보냈다.

– SOS! 일어나. 지금 네 방문 앞에 와 있어.

유주는 문자를 보내 놓고 핸드폰 액정에서 눈을 떼지 않았다.

'은우아, 읽어 줘. 제발….'

삼 분이 삼천 년은 되는 것처럼 길고 지루했다.

'내가 왜 이러지. 은우를 만나서 뭘 어쩌겠다는 건데?'

혼자 말하고 혼자 답했다. '한심해. 넌 미쳤어'를 연발하면서도 손가락은 여전히 문자를 찍고 있었다.

– 네가 필요해. 지금. 바로 이 순간. 꼭 나와 줘.

– 숨이 막혀 죽을 것 같아.

유주는 자신의 문자 메시지가 은우에게 반드시 전달되길 바라며, 연거푸 '보내기' 버튼을 눌렀다. 유주는 반드시 은우의 얼굴을 봐야만 견딜 수 있을 것 같았다. 특별한 이유는 없었다. 무조건 은우의 얼굴을 지금 당장 보고 싶다는 것 외에는. 유주는 입구에 서서 남자 기숙사를 뚫어져라 쳐다봤다. 입술이 바삭바삭 타들어 갔다. 물안개가 어느샌가 사라지고 앞산 등허리에 붉은 해가 걸터앉았다. 머잖아 동이 터 올 것이다.

을씨년스런 기숙사에는 정적만이 깃들었다. 유주는 문 앞에 적힌 은우의 이름을 멍하니 서서 바라보았다. 안에서는 미세한 소리조차

들리지 않았다. 유주는 실망한 얼굴로 발길을 돌렸다. 그때였다. 눈앞에 은사시나무처럼 키가 큰 은우가 나타났다. 유주는 뺨을 꼬집어 보았다. 꿈은 아니었다. 이대로 은우 품에 안겨 모든 걸 잊고 싶었다.

"유주야, 웬일이야? 너 무슨 일 있어?"

은우가 까치머리에 무릎 나온 회색 추리닝을 입고, 놀란 눈빛으로 유주 앞에 나타났다. 유주는 갑자기 눈가가 뜨거워졌다. 간절히 바라기는 했지만, 실제로 은우를 만날 것이란 기대는 없었다. 그런데 이 시간에 은우가 나타나다니.

"왜 그래? 어디 아파? 아…."

은우는 그제야 유주가 요즘 힘들어하고 있다는 걸 기억했다. 남방바람꽃을 보며 머리를 식힌 것만으로는 부족했던 것일까. 은우는 혼자 마음의 병을 앓고 있는 유주가 안쓰러웠다.

"우리, 그냥 걸으면서 이야기하자. 근데…. 나침반 선생님한테 걸리면 죽음인데. 어쩌지. 금방 해도 뜰 것 같고…."

은우는 사방을 두리번거리며 말했다. 걱정은 되지만 은우는 유주가 자신을 필요로 한다는 사실만으로도 가슴이 벅찼다. 은우는 방황하는 유주가 날개 잃은 새처럼 가여웠다. 은우는 유주를 껴안아 주고 싶었다. 하지만 마음뿐 용기가 없었다.

"저 아래 마을에 슬슬 걸어 내려가 볼까?"

은우가 유주의 등을 토닥이며 말했다. 마을은 온통 비닐하우스 세상이었다. 유주는 은우의 뒤를 따라 논두렁 길을 걸었다. 하우스 안에는 재배용 야생화도 많고, 상추와 당귀 등 온갖 쌈채소들이 탐스럽게 자라고 있었다. 유주는 아빠랑 다니며 듣고 본 것이 많아 웬만한 풀이나 농산물의 이름쯤은 꿰고 있었다.

"저기. 소나무 밑에 앉아서 이야기하자."

은우가 손가락으로 나무를 가리키며 말했다. 우람한 몸통과 짙푸른 솔잎이 정겨운 나무였다. 늙은 소나무가 푸근한 할아버지처럼 맞아 주었다. 유주는 의자에 앉아 물안개를 뚫고 희미하게 떠오르는 해를 바라보았다. 용트림하듯 웅장하게 떠오르는 아침 해를 바라보며 은우가 유주의 어깨에 살며시 손을 얹었다.

"하고 싶은 말 있으면 뭐든 털어놔."

순간, 유주는 은우가 오빠 같다는 생각이 들었다. 뭐든 말을 해도 될 듯싶었다.

"나, 그만둘까 봐! 학교."

"어쩌려고?"

은우는 유주의 말이 떨어지기 무섭게 물었다. 그 물음은 유주가 자신에게 수없이 질문해 온 화두였다. 그 답을 알았다면 은우를 붙들고 이렇게 하소연하지도 않았을 것이다.

"유학 떠나면 어떨까? 부모님도 권하고 나도 일반 학교 그만둘 때부터 생각해 왔던 건데. 다른 나라에 가서 공부해 보는 것도 괜찮을 것 같아서."

사실 유주 자신조차도 뜻밖의 말을 하고 있었다. 늘 잠재의식 속에는 있었어도 이렇듯 누군가에게 '유학'이라는 말을 해 보긴 처음이다. 유주의 말에 은우는 불 속으로 뛰어든 아이를 본 것처럼 놀랐다.

"넌, 모국어로 공부할 수 있다는 것이 얼마나 귀중한 줄 모르지? 무엇보다 온 가족이 한 지붕 밑에 산다는 것이 눈물 나게 고마운 일이라는 것도 모를걸…."

"마치, 너는 다 안다는 표정이네?"

"응. 난… 이미 겪어 봤어. 내가 경험한 걸 다 말하려면 밤을 꼬박 새야 할걸."

은우는 유주 어깨에 얹었던 손을 살며시 푼 뒤, 굳은 얼굴로 변했다. 그러곤 유주의 눈을 바라보며 자기 이야기를 풀어내기 시작했다.

"도망치고 싶은 마음에 쫓기듯 유학을 떠나는 건 자살골이나 마찬가지야. 내가 그랬으니까… 나는 지금도 호주 고모네 집에 들어섰을 때의 서늘함을 잊을 수 없어. 낯선 애들과 종일 앉아 벙어리처럼 앉아 있던 기분도 그렇고. 열외자가 된 기분이 얼마나 서럽던지, 지금도 꿈을 꿀 때가 있어. 고모 덕분에 유학을 접고 날개학교에 오지 않았다면… 나는 지금쯤… 패륜아가 됐을 거야."

은우는 이 말을 시작으로 호주에서의 일을 털어놓았다. 때로는 두려운 얼굴로, 때로는 감정에 복받쳐 흐느끼며.

"미안해. 나는 네가 그런 아픔이 있는 줄 몰랐네. 나만 아픈 줄 알았어."

"괜찮아. 난 여기가 피난처이자 쉼터야. 이제 날개를 달 일만 남았다고 생각해. 그때 고모가 내게 한 말을 너에게 대신해 주고 싶어. 순간의 선택이 영원을 좌우할 수 있다는 말. 무섭지 않니?"

은우가 세상을 다 산 사람처럼 말했다. 유주는 은우가 새롭게 보였다. 상처 속의 고름까지도 이미 다 짜내 버린 어른 아이처럼 보였다.

"난 고모와 블루마운틴에 다녀온 뒤, 한 달 만에 다시 한국으로 돌아왔어. 그리고 날개학교에 온 거고. 난 알아. 무작정 유학을 떠나는 것이 얼마나 큰 덫인지. 그래서 네가 더 걱정돼. 유학은 도피가 아냐. 유학파들 중에 잘못된 아이들 정말 많이 봤어. 가지 마. 유주야."

은우가 절규하듯 유주를 말렸다. 유주는 은우가 그토록 멀고도 험한 강을 건너 날개학교에 온 줄 몰랐다.

"네가 가족에게 짐짝 같은 존재였다니. 상상도 못했어."

유주는 은우의 손을 꼭 잡았다. 은우는 유주의 눈을 바라보며 다음 말을 이었다.

"나도 너처럼 아무것도 하고 싶은 게 없었어. 게임만이 돌파구였지. 근데 요즘은 달라졌어. 난 문화 미디어 콘텐츠반에서 새롭게 배우는 게 많아. 다양한 분야에 대해 공부하다 보면, 내가 갈 길이 보이지 않을까 싶어. 유주야… 너도 조금만 더 참으면서 생각해 보면 안 될까?"

"나도 네가 부러워. 뭐든 적극적이잖아. 예전에 네가 그림자처럼 지냈다는 게 이해가 안 돼. 근데 나는 너처럼 해 보고 싶은 게 없어. 내가 병든 것 같아."

유주가 모든 걸 체념한 것처럼 말했다.

"…내겐 네가 필요해. 난 너와 같이 날개학교에서 많은 것을 공유하고 싶어. 처음으로 마음을 터놓은 친구이기도 하고. 마음을 돌리는 게 힘들까?"

은우가 유주의 손을 잡으며 애원했다. 유주의 손은 차가웠다. 마음의 빗장이 쉽게 풀릴 것 같지 않았다. 유주가 금방이라도 날아갈 것만 같아 은우는 불안했다. 긴장한 탓인지 손에서 땀까지 났다. 한참 이야기를 나누다 보니 어느새 물안개가 걷히고 해가 뜨려 용트림 중이었다. 온 동네가 붉은 보자기에 싸인 것 같았다. 밀짚모자를 쓰고 연장을 들쳐 멘 아저씨가 의심 가득한 눈으로 힐끔거렸다. 은우는 마을 사람들 눈에 띄기 전에 자리를 떠야겠다고 마음먹었다.

"그만 들어가자. 담에 또 이야기하고."

은우는 여전히 넋을 놓은 듯 붕 떠 있는 유주에게 말했다.

"어서 네 마음속 바람이 멈췄으면 좋겠다."

은우가 앞서 걸으며 진심을 다해 말했다.

"너 아니었으면 난 아마 미쳐 버렸을 거야. 혼자 휘휘 동네를 돌아치다 어떻게 되었을지도 몰라. 고마워."

유주가 혼이 빠진 사람처럼 중얼거렸다.

"야, 니들… 이 꼭두새벽에 뭐 하냐? 진짜 물건들이네. 범생인 척하는 것들이 외박까지? 대단하다."

어디선가 불쑥 나타난 수호가 비아냥거리며 걸어왔다. 은우는 벌에 쏘인 듯 유주의 손을 놓았다. 유주도 당황스러웠지만 내색은 않았다. 유주는 무시하고 학교를 향해 발길을 옮겼다. 그런데 수호 손에 있는 검은 열쇠꾸러미가 눈에 띄었다.

'지난번 학교 정원 울타리에서 만났을 때도 검은 열쇠꾸러미를 들고 있더니….'

유주는 수호를 탐색하듯 바라보았다. 수호는 엄청난 비밀을 들킨 사람처럼 흠칫 놀라 열쇠꾸러미를 든 손을 뒤로 뺐다.

"내 얼굴 첨 봐? 뭘 그렇게 야리냐? 근데 니들 밤새 뭔 짓 한 거야?"

수호가 유주와 은우를 번갈아 보며 소리쳤다. 은우는 나중에 얘기하자며 수호를 말렸다. 수호는 아랑곳없이 은우와 유주를 다그쳤다. 수호의 쩌렁쩌렁한 목소리에 누렁이가 놀랐는지 컹, 컹 짖었다.

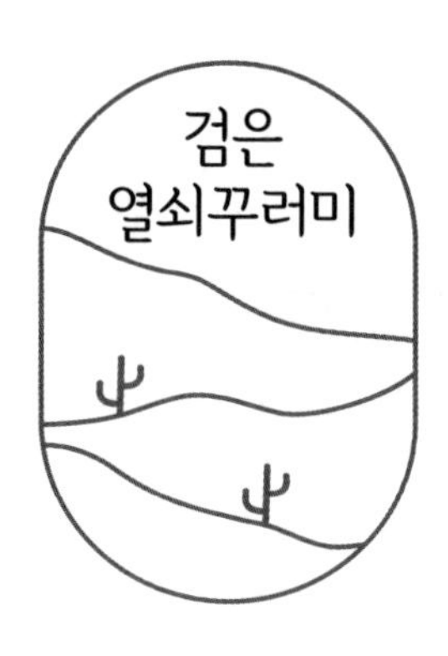

수호에게 기숙사는 철창 없는 감옥이나 다름없다. 사과 궤짝처럼 작은 공간에서 사차원의 애들과 지내야 하는 건, 고역이다. 애송이 같은 애들과는 바늘구멍만큼도 통하는 게 없어 답답해 미칠 것만 같다. 그나마 통하던 나은이 마저 없으니 더욱 재미가 없다. 나은의 빈자리가 이토록 클 줄 몰랐다. 수호는 나침반 선생님보다는 볼 때마다 연민으로 가득한 교장 선생님의 눈빛 때문에 학교에 붙어 있긴 하지만 언제든 떠날 생각이다.

지난밤도 사물함에 숨겨 놓은 푸른 병 속의 액체를 송두리째 마시고 나서야 잠이 들었지만, 어김없이 새벽에 눈이 떠졌다. 새벽녘 창가에 비치는 나뭇가지를 보는 순간, 달리고 싶다는 충동이 불같이 일었다. 주저 없이 자리에서 일어났다. 운동복 차림 그대로 교문 밖을 향해 나갔다. 온 동네가 칠흑처럼 어두웠다. 언덕 위에서 내려다본 동네는 사람이 사는 동네 같지 않을 만큼 조용했다. 간간이 개 짖는 소리가 들릴 뿐. 수호는 주머니 속 열쇠꾸러미를 만지작거리며 조심스럽게 푸른 기와집 안으로 들어갔다. 며칠 전 몰래 들어가 열쇠꾸러미를 훔칠 때처럼, 사립문은 열려 있었다. 창고 안으로 뒤꿈치를 들고 걸어갔다. 연장이며 경운기 등 잡동사니들로 가득한 뒤편에 수호가 찾던 애마가 눈에 들어왔다.

수호의 눈은 어둠 속에서도 빛났다. 오래되긴 했지만 준마처럼 잘 달리는 놈이다. 거기다 붉은 색깔까지. 수호가 오랫동안 갖고 싶었던 오토바이다. 수호는 온 힘을 다해 연장 박스 뒤에 세워 놓은 오토바이를 끌고 사립문을 나섰다. 다행히 쥐새끼 한 마리 보이지 않았다.

부르릉! 부릉. 시동을 걸자마자 마을 입구에 다다랐다. 동구 밖 오래된 느티나무가 수호를 무심한 얼굴로 내려다보고 있었다. 잠시 할머니 생각이 났지만, 도리질을 쳤다. 빨리 마을을 벗어나기 위해 더욱 세게 밟았다. 말 위에 올라탄 기수처럼, 수호는 읍내를 향해 질주했다. 읍내라고는 하지만, 면 소재지나 다름없는 동네였다. 새벽 안개로 앞이 보이지 않았다. 수호는 안개가 자신을 닮았다고 느꼈다. 어쩌다 지나가는 자동차 외에는 거칠 것이 없다. 수호는 안개 속을 미친 듯 달렸다. 속이 뻥 뚫리는 것 같았다. 달리는 순간만큼은 자신을 잊을 수 있어 좋았다. 핏덩이인 자신을 할머니에게 던지고 도망갔다는 엄마. 알코올 중독으로 택시 운전사라는 직업마저 버린 아빠. 창신동 시장바닥에 앉아 잡동사니를 파는 할머니. 자신을 벌레 취급하던 삼촌의 얼굴이 바람결에 스쳐 갔다. 모두 생각만으로도 가슴이 뻐근해지는 얼굴들이다. 목울대가 출렁대는 걸 참으려 페달을 세게 밟았다.

수호는 단숨에 두물머리 쉼터까지 달려왔다. 몇 번 새벽 주행을 시도해 본 덕분에 눈 감고도 달릴 수 있는 길이다.

두물머리에 서서 날개학교를 올려다보았다. 봉긋한 산등성이만 보일 뿐, 산속에 학교가 있다는 사실이 믿어지지 않았다. 멀리서 바라보아도 가슴이 답답했다. 수호는 창살 없는 감옥을 피해 이대로 도망치고 싶었다. 자신에게 붙은 '보호관찰'이라는 딱지만 없다면 당장이라도 실행했을 거다.

강을 내려다보며 담배를 피웠다. 흡연실 사건 후, 학교에서는 담배를 자주 안 피우는 편이다. 새벽 강가는 고요하며 신선했다. 가까이서 물안개가 희부옇게 피어오르고 있었다. 수호는 기분이 묘했다. 오토바이에서 내려 오래된 나무 곁으로 다가갔다. 오래되어 호호할아버지가 다 된 나무에서 할머니 냄새가 났다. 법정에서 위탁 교육 판정을 받고 날개학교로 올 때 할머니가 하던 말씀이 생각났다.

"아이쿠. 내 강아지. 불쌍해서 어쩐다냐. 부모도 버린 새끼인데 무신 핵교인지는 모르지만 맡아 준다니. 고맙제. 수호야. 잘해야 혀. 할마이가 니 만나러 갈 테니끼니…."

수호는 유일하게 자신을 품어 주던 할머니의 목소리가 들려오는 것 같았다. 오토바이에 올라 시동을 걸었다. 동이 트기 전 제자리에 갖다 놓아야 했다. 이장 아저씨한테 들키면 진짜 감옥에 가야 한다는 생각이 들자 등골이 오싹해졌다. 마음이 급해 시동이 잘 걸리지 않았다. 동네에 들어서자, 개미 새끼 한 마리 보이지 않았다. 다행히 마을 이장 최 씨 집도 절간처럼 고요했다. 수호는 잽싸게 창고 제자리에 오토바이를 놓고 돌아섰다.

수호는 쏜살같이 학교가 보이는 언덕을 향해 걷기 시작했다. 그런데 안개 속에 어른거리는 물체가 보였다. 동네 사람이겠거니 싶었다. 헉, 은우였다. 겉으로는 순수한 척하는 은우 녀석과, 남학생들에게 도도하기로 유명한 유주가 손을 잡고 있다니, 이 새벽에. 수호는 기가 막혔다. 저 부스스한 머리가 뜻하는 건 또 뭐지?

수호는 손에 열쇠꾸러미를 쥔 채, 소리쳤다. 수호와 눈이 마주친 은우는 놀랐는지 입을 다물 줄 몰랐다. 유주는 달랐다. 분명 당황스러워하는 것 같았지만 금방 침착한 얼굴로 수호를 살폈다. 유주는 수사관처럼 유심히 수호의 손을 내려다보았다. 수호는 속으로 흠칫, 놀랐다.

"얌전한 강아지 부뚜막에 먼저 오른다더니… 니들 진짜 재수 없다."

은우가 나중에 말하자며 학교 안으로 들어가려 했다. 무시당하는 것 같아 기분이 나빴다. 수호는 은우가 흡연 사건 이후 의도적으로 자신을 피하고 있다는 걸 알고 있다. 기회다 싶었다. 수호는 은우 앞으로 가 우뚝 섰다.

"내 말 안 들려? 니들 뭔 짓거리냐고 묻잖아. 찐따 새꺄."

은우는 싸울 가치가 없다는 듯 고개를 돌렸다. 깔보는 것 같아 더욱 부아가 치밀었다. 대신 부스스한 머리를 한 유주가 고개를 쳐들고 앙칼진 목소리로 말했다. 들고양이처럼 눈매가 날카로웠다.

"내가 새벽에 은우 불러냈거든. 넌 상관할 바 아니니까 빠져 줄래?"

"어쭈구리? 그래. 도도한 네가 저 샌님을 불러내셨다. 야심한 밤에 뭣하시게?"

실은 정말 궁금했다. 자신은 가슴이 터질 것 같아 훔친 오토바이로 새벽길을 달렸지만, 쟤들은 무엇 때문인지. 겉으로 보기에 천애고아인 자신과는 비교가 안 될 만큼 금수저 아닌가. 은우는 대꾸할 가치도 없다는 듯 입을 꽉 다문 채 교문을 향해 걸었다. 바락바락 대드는 유주보다 가만히 있는 은우가 더 밥맛이었다. 저절로 주먹에 힘이 들어갔다.

"넌, 세상이 니 맘대로 휘저을 수 있다고 생각하는가 본데, 안 먹힌다는 것 모르냐. 아무도 너 따위 상관 안 해! 여기서는."

유주가 앙칼지게 말했다. 자존심이 울었다. 수호는 자신도 모르게 눈썹을 치떴다. 이마 위의 흉터가 뱀처럼 움찔거린다는 것을 알지만, 어쩔 수 없었다.

"닥쳐라. 이게 봐주니까 머리끝까지 기어오르네."

수호는 주먹을 불끈 쥐었다. 하지만 절대로 유주를 때릴 생각은 없었다. 수호도 그 정도 매너는 있었다.

"야, 너 정말 싹수없다. 어디다 주먹질까지…."

절대 입을 열 것 같지 않던 은우가 다짜고짜 대들었다. 수호는 그런 애송이가 귀엽기도 하고 열이 치솟기도 했다. 이런 놈들은 한 방에 날려 줘야 한다. 아니나 다를까, 한 대 펀치를 날렸더니 은우가 휘청거렸다.

"꼭두새벽에 피 보고 싶진 않으니까 순순히 꺼져라."

"너나 꺼져! 나도 너 따위 하나도 겁나지 않거든."

은우가 비틀거리면서도 대들었다. 유주 앞에서 대책 없이 당하고 싶지 않다는 표정이 역력했다. 가소로운 놈. 수호는 가래를 캑, 뱉으며 은우를 노려보았다.

"좆만 한 새끼가 자꾸 기어오르네. 너 계속 개길 거야?"

수호가 은우의 얼굴을 향해 한 대 더 날렸다. 은우가 이를 악물고 대들었다. 둘은 동물원의 짐승처럼 엉켜 싸웠다. 은우가 얼굴을 감싼 채 넘어졌다. 유주는 발을 동동 구르다 말고 안 되겠는지 수호의 등을 내리쳤다.

"이게 막가파네. 정말 너 죽을래?"

수호가 이마 위의 지렁이 같은 흉터를 실룩거리며 소리쳤다. 널브

러졌던 은우가 휘청이며 일어섰다. 은우의 어깨를 잡은 유주가 수호를 경멸하는 눈빛으로 말했다.

"깡패같이 칼자국이나 자랑하고. 넌 칼자국이 훈장이라도 되는 줄 아나 본데. 착각하지 마."

유주가 수호의 이마 위의 흉터를 칼자국이라 칭하며 앙칼지게 대들었다.

"칼자국 아니거든. 씨부렁거리면 단 줄 알아? 네가 뭘 안다고 떠들어. 재수 좆대가리가."

수호는 충격을 받으면 눈썹 위의 흉터를 더욱 실룩거리는 버릇이 있다. 절대 아물 수 없는 상처 위에 소금이 뿌려지듯 아프기 때문이다. 수호는 순간, 삼촌의 뱀 같은 눈이 악몽처럼 떠올라 온몸이 부르르 떨렸다.

"저 좆만 한 새끼 낯짝 좀 안 볼 수 없나. 재수 옴 붙은 놈."

삼촌이 다리미질을 하다 말고 짜증을 냈다. 수호는 삼촌과 같이 있으면 늘 불안했다. 그날은 토요일이라 집에서 삼촌 눈치를 보며 오락프로를 보고 있었다. 장사 나갈 채비를 하던 할머니가 삼촌에게 한마디를 한 것이 화근이었다.

"삼촌이라는 것이. 쯧쯧. 애비 에미도 없는 조카 하날 못 잡아먹어 저 난린지 몰러. 왜 눈만 마주치면 으르렁거리고 지랄이야 지랄이. 으이구, 가여운 내 강아지."

노점에서 양말이며 수세미, 좀약 등을 팔러 나가던 할머니가 삼촌을 나무랐다. 삼촌의 얼굴이 더욱 험악해졌다. 수호는 할머니의 역성이 반갑지 않았다. 그럴수록 삼촌의 포악은 극에 달하는 걸 알기 때문이다.

"지 에미도 못 살겠다고 버린 자식을 왜 내가 거둬야 하는데? 형은 도대체 뭣하는 놈인데 지 새끼 하나 간수하지 못하는 거냐구? 내지르기만 하면 자식이야. 내가 저 재숫덩이 거두려구 잠도 못자고 벨보이 하는 줄 알아? 저런 쥐새끼. 당장 내쫓아. 엄마가 그렇게 끼고 도니까 형 새끼도 못 본 척하는 거잖아."

삼촌의 레퍼토리는 늘 같았지만 들을 때마다 소름이 끼쳤다. 삼촌이 온몸으로 자신을 미워하고 있다는 걸 알기에 겁도 났다. 삼촌은 한바탕 욕을 한 뒤에 닥치는 대로 집어 들어 수호에게 던졌다. 그날도 미리 피해야겠다고 생각한 순간, 일이 터진 것이다.

"씨발, 독충 같은 새끼. 뒈져 버려. 내 눈앞서 꺼지라구."

삼촌이 수호 얼굴에 뜨거운 다리미를 갖다 댔다. 너무 급작스럽게 일어난 일이라 수호는 피할 새도 없었다. 벌겋게 달아오른 다리미를 들고 씩씩거리는 삼촌의 얼굴이 성난 사자 같았다. 다리미가 지나간 자리가 화끈거렸다. 수호가 얼굴을 가리며 울자 다시 다리미를 들이밀었다. 삼촌의 눈빛은 사람이 아닌 악마였다. 수호는 극도로 불안한 나머지 오줌을 지렸다. 급기야 할머니가 삼촌을 말리며 오열했다.

"이 천벌 받을 놈아. 어린것한테 이게 무슨 짓이냐. 네가 제 명에 못 살려고 미친 짓을 하는구나. 어서 찬물… 가져와… 부엌에서 된장도 떠 오고…."

삼촌은 다리미를 던져 버리고 휙, 밖으로 나가 버렸다. 뜨거운 다리미가 닿자 비닐 장판이 지독한 냄새를 내며 타들어 갔다. 할머니가 물을 끼얹은 자리가 시커멓게 변했다. 수호의 가슴도 시커먼 자국으로 멍들어 갔다. 할머니는 수호의 얼굴에 된장을 발랐다. 수호는 뜨거운 다리미가 닿을 때보다 더 따갑고 아파 소리를 질렀다. 할머니는 아랑곳없이 또 된장을 발랐다. 할머니는 모기가 물어도 간장을 바르고 넘어져서 상처가 나도 된장을 발랐다. 된장은 할머니의 만병통치약이었다. 덕분에 이마와 오른쪽 눈가에 흉터가 더욱 선명하게 남았는지도 모른다.

다리미 사건 이후, 수호는 삼촌이 집에 있는 날은 나와 거리를 배회했다. 어떤 날은 아예 집에 들어가지 않고, 밀레오레나 두타 화장실에서 새우잠을 잤다.

"이런 데서 쪽잠 자지 말고 나만 따라와. 네 인생 빛나게 될 테니까."

수호가 두타파 두목 손을 잡은 건 당연한 수순인지도 모른다. 두타파의 거주지인 으슥한 아지트에서 자는 것이, 삼촌이 사는 집보다 편했다. 결국 오토바이를 훔쳐 팔다가 잡혔고, 감별소에서 5호 처분을 받아 날개학교에 오긴 했지만 지금도 여전히 삼촌은 만나기 싫다. 무섭고 증오스럽다.

'삼촌은 지금 내가 눈앞에 안 보여 살맛 나? 인간 말종. 언젠가는 복수할 거야.'

수호는 상처를 들춰내는 유주가 원망스러웠다. 그러나 그동안 새벽마다 오토바이를 훔쳐 탔던 일이 들통날까 봐 더는 주먹을 휘둘러서는 안 될 것 같았다.

셋이 말없이 교문 앞에 섰는데 나침반 선생님이 장대처럼 서 있었다.

"아니? 니들 이 새벽에 웬일이냐? 오늘 일찍 밥 먹고 행사 돕기로 했잖니?"

청바지 대신 황토색 개량 한복을 입은 나침반 선생님이 물었다. 모두 약속이라도 한 듯 입을 다물었다.

"왜 말을 못 해?"

나침반 선생님이 다시 묻자 수호가 입을 열었다.

"전 새벽에 운동하러 나왔는데 재네가 같이 있던데요. 밤샜나 봐요. 둘이… 정말 기막혀요."

수호가 특종이라도 건진 것처럼 말했다. 나침반 선생님이 은우를 보았다. 유주의 얼굴도 뚫어지게 바라보았다.

"어떻게 된 거야? 지금 수호의 말이 사실이냐?"

"아닙니다. 저…."

은우가 말을 더듬자 나침반 선생님은 더욱 궁금하다는 듯 유주와 은우를 살폈다.

"수호는 아무것도 모르고 괜히 시비 거는 거구요. 제가 은우를 불러냈어요. 새벽에… 너무 답답해서요."

"그냥… 유주가 힘들어하는 것 같아서 마을 소나무 밑에서 이야기 나누다 들어오는 거예요."

"넌, 새벽에 왜 은우를 불러냈니? 요즘 유주가 경계선 위에 서 있는 것 같아 어째 불안하다."

수호는 나침반 선생님의 입에서 나오는 '경계선'이라는 말에 흠칫 놀랐다. 감별소에 머물 때 가장 많이 듣던 말이다.

"여러분은 지금 경계선 위에 서 있습니다. 한 달 수형 생활을 잘하면 집으로 돌아갈 것이고… 아니면 소년원에 가야 한다는 것 잘 알죠? 지금 이 시점에서 영영 죄의 구렁텅이로 갈지, 아님 새 사람 되어 밝은 광명 아래 설지… 잘 생각해야 합니다."

교도관이 훈시 때마다 하던 말을 여기서도 듣게 되다니. 수호는 날개학교가 왜 감옥처럼 느껴지는지 알 것 같았다.

'날개학교는 철창 없는 감옥이에요. 제게.'

수호는 나침반 선생님의 눈을 바라보며 혼자 중얼거렸다.

"진짜 알 수 없네. 니들 언제까지 이렇게 경계선 위에서 줄타기할래?"

선생님이 또 경계선 타령이다. 수호는 속에서 불같은 것이 치밀어

오르는 것 같아 하고 싶은 말을 다 해 버렸다.

“선생님. 쟤네들 생까는 거예요. 내가 보니까 유주 머리도 부스스하고 저 새끼 눈알도 토끼처럼 빨간 게 분명 밤을 샜다고요. 속지 마세요.”

“수호, 너는 얼른 들어가서 행사 준비해. 니들은 샘과 잠시 얘기 좀 더 하고.”

나침반 선생님이 냉정하게 말했다. 수호는 마지못해 혼자 안으로 들어갔다.

‘나침반 선생님도 삼촌처럼 나를 무시하는 걸까. 내 인생의 안개는 언제쯤 걷히는 걸까.’

수호는 이마의 흉터를 만지며 혼자 생각했다. 방금 만나고 온 늙은 나무 할아버지가 다시 보고 싶었다. 불쌍한 할머니 얼굴도 떠올랐다.

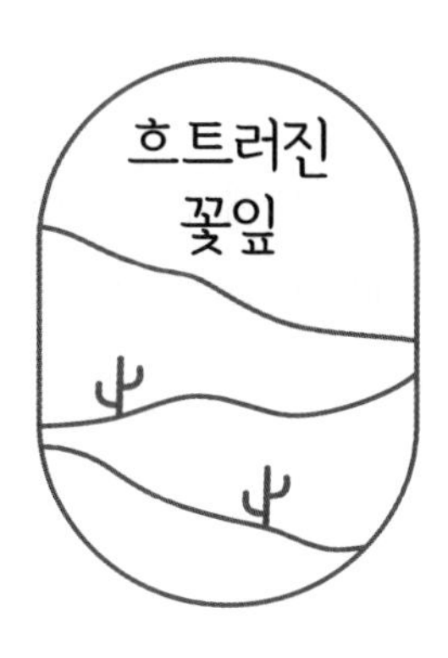

아침부터 학교 전체가 부산했다. 전국에 있는 대안학교에서 '날개학교' 탐방을 위해 손님이 오는 날이므로. 마을 입구에서부터 현수막이 휘날리고 여기저기 포스터가 붙었다. 온 동네가 축제 분위기였다. 교장 선생님은 학교 구석구석을 다니며 점검하느라 바빴다. 그때 아이들과 떨어져 이방인처럼 서 있는 수호를 만났다.

"수호야, 요즘 별일 없지? 김 형사도 수호가 별일 없이 잘 지낸다고 좋아하던데. 오늘 같은 행사에 자꾸 참여하다 보면 네가 하고 싶은 일도 생길 거야. 선생님은 수호를 믿어."

교장 선생님은 수호를 볼 때마다 칭찬을 아끼지 않았다. 가끔은 가슴에 꼭 안아 주기도 했다. 수호는 그럴 때마다 당황스러웠다. 지금까지 '선생님'이라는 호칭을 단 사람들에게 한 번도 받아 보지 못한 관심이라 더욱 그랬다.

"수호는 식사 마치고 선생님한테 잠시 들러!"

이번에는 아이들에게 행사 담당을 지시하던 나침반 선생님이 수호를 불렀다. 잠시 후, 수호가 교무실에 가자 유주가 선생님과 이야기를 나누고 있었다.

"은우하고 몇몇 아이들 더 올 거니까 잠시 기다려. 수호는."

나침반 선생님은 수호가 도망칠까 봐 단단히 주의를 주곤, 유주와 계속 이야기를 나눴다.

"저, 오늘 학교 행사에서 저는 빼 주세요. 안내 못 할 것 같아요."

"계속 고집부릴 거니? 유주야."

선생님과 유주 사이에 팽팽한 긴장감이 감돌았다. 수호는 속으로 유주가 참 맹랑하다 싶었다. 나침반 선생님도 화가 나는지 약간 목소리 톤을 높였다.

"지금 우리 학교에 온 친구들은 모두 같을 거다. 혼돈스러운 점에선 말이야. 그렇다고 다 너처럼 마음 내키는 대로 행하지는 않는다. 넌 너무 조급하게 서두르는 것 같아. 걷다 보면 자신이 가야 할 길이 보이는 거지. 한 방에 모든 게 해결되는 건 아니잖니?"

나침반 선생님은 손님 맞을 생각에 마음은 급한데 속 썩이는 유주가 야속했지만, 꾹 참으며 타일렀다.

"일단 오늘 행사 잘 치른 다음 구체적으로 이야기해 보자. 다른 대안학교에는 어떤 프로그램이 있나 살펴보기도 하고. 좋은 포럼이니까 참석해 봐. 예상치 못한 곳에서 길을 찾을 수도 있으니까."

"아뇨. 선생님. 전 오늘 빠지겠습니다."

유주는 끝까지 자기 주장을 굽히지 않았다. 나침반 선생님은 할 수 없다는 듯 유주를 교실로 보낸 뒤, 행사를 맡은 아이들을 체크했다.

"수호도 오늘 행사에 적극적으로 참여해라. 오늘 서울 시내에서 유명한 남자 미용사가 오니까… 눈여겨봐. 평소에 머리하고 다니는 거 보면 수호도 꽤 관심이 있을 것 같은데…"

나침반 선생님은 역시 달랐다. 유주 때문에 기분이 상했을 텐데도 별 내색 없이 아이들을 챙겼다. 수호가 나침반 선생님의 말을 거역할 수 없는 이유였다. 거기다 교장 선생님의 특별한 관심까지. 수호는 어쩔 수 없이 행사장으로 들어갔다.

강렬한 햇살을 안고 손님들이 몰려오기 시작했다. 나침반 선생님처럼 개량한복을 입은 선생님이 학생 몇 명을 데리고 들어섰다. 뒤이어 몇몇 선생님들과 학생들이 따라 들어왔다. 아이들의 친절한 안내로 강당에 모인 손님들은 시종일관 화기애애했다. 나침반 선생님만큼이나 다른 학교 선생님들도 자유로워 보였다. 나침반 선생님이 들어서자 많은 선생님들이 알아보고 악수를 청했다. 그러곤 한마디씩 농담을 건넸다.

"물 좋고 풍광 좋은 곳에 사시더니 완전히 얼굴이 폈습니다. 헛허….”

선생님들의 인사가 어느 정도 끝나자 세미나가 시작되었다. 나침반 선생님은 학생들에게 맨 앞자리에 앉아 경청하라고 했다. 수호는 이런 자리가 처음이라 낯설고 어색해서 두리번거렸다. 다른 학교에서 온 학생들의 모습이 보였다. 자유로운 복장에 머리는 노랗게 물들였고, 나이는 천차만별인 듯싶었다. 날개학교 애들처럼 별나라에서 온 듯 자유롭고 망상에 젖은 듯한 눈빛을 한 아이들이 많았다. 두리번거리다 몇몇 아이들과 눈이 마주쳤다. 그들은 수호를 잘 아는 것처럼 손을 흔들어 주기도 하고 윙크를 하기도 했다. 더욱 기이한 건, 날개학교 애들조차도 평소와는 달리 수호에게 무한 친절한 미소를 보낸다는 점이다. 수호는 흥미로우면서도 기분이 나쁘지 않았다.

드디어 세미나 발표가 시작되었다. 각 학교마다 주임인 듯한 선생님들이 나와 자기 학교 자랑을 늘어놓았다. 수호는 지루해서 하품만 해 대고 앉았는데, 강당 안으로 누군가 밤도둑처럼 살금살금 들어왔다. 나은이었다. 수호는 가슴이 널뛰듯 하는 자신이 신기했다. 나은은 수호를 발견하지 못한 채, 같이 온 선생님과 맨 뒤에 앉아 세미나를 경청했다.

“날개학교는 대학을 가기 위한 학교는 아닙니다. 문화 예술과 인문학을 중점적으로 다루고 있고요. 학생 스스로가 길 찾기를 해 나가길 바라고 있습니다. 막상 학생들은 주어진 자유를 버거워합니다. 주입식 교육에 익숙해졌기 때문인 듯싶어요. 이 점이 날개학교가 겪고 있는 가장 큰 어려움입니다. 처음부터 포기하려는 학생도 있고요. 날개학교 역시 많은 시행착오를 겪은 뒤 새로운 길을 모색하게 될 것 같습니다. 오늘은 우리 학생들에게 다른 학교의 실태에 대해 이야기를 들려주고 싶어 이런 자리를 마련했습니다."

나침반 선생님이 일어나 고백 성사하듯 차분히 말했다. 많은 선생님들이 공감한다는 듯 고개를 끄덕였다. 대부분의 대안학교가 설립 취지라든가 교육 방침 등이 비슷하기 때문에 비슷한 고민을 하는 것 같았다.

"해외 연수를 통한 프로그램도 필요할 것입니다. 저는 그보다 대안학교끼리 서로 네트워크를 강화하는 것이 필요하다고 봅니다. 우리 학교는 문화연대를 위한 프로그램이 활성화되어 있으니 이쪽에 관심 있는 학생들은 언제든 환영합니다."

나침반 선생님의 말이 끝나자 학생들이 손뼉을 쳤다.

"나침반 선생님의 말에 적극 동조합니다. 저도 일반 학교를 떠나 대안학교에서 아이들을 가르치면서 느낀 점이 바로 그 점입니다. 어차피 자율적인 수업 분위기를 열어 줄 것이면 확실하게 길을 터 줘야 한다는 것이지요. 자유라는 이름으로 포장한 상품만을 건네면 죽도 밥도 안 된다는 것 모두 느끼셨을 것입니다."

얼마 전에 신설된 디자인 등 실기 위주의 작업장 학교 선생님이 일어나 진지하게 말했다. 점점 더 열기가 더해 가면서 다양하면서도 구체적인 방안들이 쏟아져 나왔다.

수호는 무슨 말인지 알 수 없었다. 그러면서도 새로운 세계를 접한 것 같은 느낌이 들었다. 은우는 연신 공책에 뭔가를 적으며 공감한다는 듯 고개를 끄덕였다. 나침반 선생님의 얼굴에는 황무지를 개간한 농부처럼 힘이 넘쳤다. 수호는 포럼이라는 이름으로 모인 사람들 모두가 외계인처럼 느껴졌다. 그러나 이상하게 관심이 갔다. 왠지 자신도 그 외계인이 사는 나라에 들어가 보고 싶다는 호기심이 생겼다. 수호는 그런 자신이 낯설면서도 신기했다.

잠시 쉬는 시간이 되자 나은이 수호에게 반가운 얼굴로 다가왔다.

"와우! 장족의 발전이네. 수호가 세미나까지 참석하고…."

나은이 수호의 어깨를 툭툭 치며 말했다. 수호는 모처럼 나은에게 좋은 모습을 보여 준 것 같아 뿌듯했다.

"나은이가 왔구나! 멀리서 오느라 고생했네."

나침반 선생님이 나은을 반기며 말했다.

"선생님, 저 도자기 작업…. 생각처럼 쉽지 않아요. 내 적성에 맞지 않는다는 걸 알았어요. 담당 선생님께 말씀드렸더니 돌아가라고 하셨어요. 오늘 같이 오신 선생님인데 저기 계세요."

나침반 선생님도 수호처럼 당황스런 얼굴로 나은이 가리키는 선생님을 쳐다보았다. 화장실에 다녀오던 이천 도자기학교 선생님이 나침반 선생님을 향해 다가왔다.

"나은 학생이 도자기를 너무 쉽게 생각한 것 같아요. 제 생각에도 나은 학생과 잘 맞는 것 같지 않은 것 같고요. 빨리 다른 길 찾는 게 중요할 것 같아서 오늘 행사에도 데리고 왔어요."

나침반 선생님이 잠시 뭔가를 생각하더니 고개 숙여 인사를 하며 말했다.

"고맙습니다. 그동안 신경 써 주셔서 감사하고요. 저희도 언제든 선생님 학교의 학생들을 받아들이겠습니다."

수호는 참 희한한 제도라는 생각이 들었다. 교환하듯 학생을 주고 받는 제도가 마냥 신기했다. 어쨌든 나은이 다시 돌아왔다니 기대되었다. 적어도 심심하지는 않을 테니까.

몇몇 선생님들의 발표가 있은 뒤, 점심시간이 되었다.

학교 식당에 차려진 뷔페는 무공해 재료로 만든 음식이 주였다. 돼지불고기도 횡성에서 파는 생고기로 만들었다는데 맛있었다.

"역시 날개학교는 좋은 동네라 음식도 맛있네요. 최고예요."

선생님들이 나침반 선생님과 교장 선생님을 칭찬했다. 아이들끼리도 서로 인사를 하는 등 오랜 지기처럼 둘러앉아 밥을 먹었다. 웃고 떠들며 식사를 하는 모습이 잔칫집 같았다. 나은이 주변에도 아이들이 모여 이야기꽃을 피우느라 정신없었다. 수호는 처음으로 날개학교에 오길 잘했다는 생각이 들었다.

반대로 유주는 도서실에 박혀 책만 읽었다. 읽는다기보다는 책 속으로 도망을 쳤다는 말이 맞을 것이다. 바깥에서 아무리 축제 분위기로 행사가 이뤄져도 흥이 나지 않았다. 책을 읽다 그냥 잠들고 싶다. 영원히 눈을 뜨지 않았으면 좋겠다는 생각이 들기도 했다.

점심시간이 끝나자, 세미나에 참석했던 선생님과 학생들이 썰물처럼 빠져나갔다. 대신 특별 행사로 외부에서 다른 손님들이 왔다. 봉고차에서 미용 기구와 의자 등이 내려졌다. 연예인들이 타고 다니는 봉고차에서 내린 여자와 남자 모두가 화려해 보였다. 갑자기 학교가 럭셔리해진 느낌이었다.

"오늘은 아침 세미나에 이어 직업 탐방 코너를 마련했습니다. 헤어디자이너 김철 선생님을 소개합니다. 선생님은 미용업계의 황제라는 별명을 가질 정도로… 미용 분야의 달인이십니다. 큰 박수로 환영해 주시기 바랍니다."

나침반 선생님의 우렁찬 목소리와 함께 김철 헤어디자이너가 무대에 섰다. 그는 달인답게 온몸에 자신감이 넘쳤다. 커트를 친 머리 모양 역시 최신식 형의 모델 같았다.

"여러분 반갑습니다. 머리를 자르면서 미용이란 직업에 대한 이야기를 해 나가겠습니다. 우선, 이중에 가장 멋진 친구를 모델로 선발할까 하는데… 누구 자원할 사람 있나요?"

강당에 모인 학생들은 잔뜩 호기심 어린 눈으로 바라만 볼 뿐 나서는 사람이 없었다. 은우는 미용 따위는 관심이 없었다. 대부분 남학생들이 그런 것 같았다. 관심은 있지만, 자신과는 거리가 멀다고 생각하는 것 같았다.

수호는 달랐다. 두타파에 들어가 활동 때부터 남자 미용사가 멋져 보였다. 짱이었던 형이 어느 날, 미용 기술을 배우겠다며 과감하게 떠나는 것을 보며 관심이 있었던 분야다. 선배 짱에게 협박과 회유를 당하면서도 기술을 배워 미용실에 취직을 했다며 찾아왔던 기억이 생생하게 났다. 새 오토바이를 발견했을 때처럼 호기심이 생겼다.

"저기, 우람하게 생긴 남학생. 나오지?"

뜻밖에도 김철 디자이너가 수호를 지적했다.

"와우! 사람 제대로 보셨네. 수호가 멋지긴 하지."

나은이 특유의 상큼 발랄한 목소리로 멘트를 날렸다. 아이들이 모두 우, 하고 소리 질렀다. 야유가 아닌 응원이었다. 수호는 얼떨결에 모델이 되었다. 고수는 역시 달랐다. 수호는 헤어디자이너의 손길이 마술사 같다는 생각이 들었다. 비단결 다루듯 유연하게 머리 손질을 하는 헤어디자이너가 대단해 보였다.

"머리통도 멋지고, 머릿결도 좋네. 성격도 좋은가?"

헤어디자이너는 농담까지 해 가며 강의했다. 손놀림이 유려하면서도 빨랐다. 수호는 헤어디자이너의 손길이 지날 때마다 한 번도 맛보지 못한 엄마의 숨결을 느끼는 듯 감미로웠다. 헤어디자이너는 머리를 만지면서 자신이 걸어온 길을 허심탄회하게 털어놓았다.

"지금처럼 남자 미용사가 흔하지 않던 시절에 이 일을 시작하는 건 쉽지 않았어요. 저 역시 많은 직업을 전전했습니다. 모두 일 년을 버티기 힘들더라구요. 그런데 남의 머리를 만질 때는 달랐어요. 창조주가 된 느낌이었죠. 변신한 모습을 보며 만족하는 고객을 보면 힘이 났어요."

헤어디자이너가 신들린 듯 말했다. 수호는 가만히 앉아 그의 말을 경청했다. 수호가 날개학교에 와 처음으로 보이는 모습이었다. 곁에서 수호의 모습을 지켜보던 나침반 선생님의 얼굴에 옅은 미소가 흘렀다. 나은도 연신 수호를 흘끔거리며 손 윙크를 건넸다. 수호는 곁눈으로 나은을 보면서도 헤어디자이너에게 집중했다. 수호의 변화에 멀리서 지켜보던 교장 선생님도 놀랐다.

"한때는 남자가 머리를 만진다고 무시당했지요. 지금은 다릅니다. 미용업계는 평등합니다. 여자와 남자 구분하지 않아요. 오히려 남자 미용사를 선호하는 손님이 더 많아지고 있습니다. 여러분도 자기 소질에 맞는다고 생각하면 도전해 보세요. 혹시 미용 기술 배우고 싶은 친구 있으면 실습생으로 받아 줄 테니 주저하지 말고 오세요. 대신 훈련 과정이 대단히 빡세다는 것만은 아셔야 합니다. 핫하."

드디어 커트가 끝났다. 김철 헤어디자이너는 수호에게 거울을 보여 주며 웃었다.

"어때? 지금까지와는 다르지? 사람을 변신시킬 수 있다는 것이 이 직업의 매력이지… 여기 학생들 앞에 똑바로 서서 보여 줍시다."

그러곤 수호를 무대 중앙에 세웠다. 헤어 쇼를 하듯, 헤어디자이너는 수호를 앞으로 뒤로, 옆으로 돌아서게 했다. 수호는 흥분되었다.

누군가로부터 관심을 받는다는 것이 이토록 기분 좋은 줄 몰랐다.

수호는 지금까지와는 완전 달랐다. 억새풀처럼 거친 이미지는 아랑곳없고, 아기같이 순진한 모습이었다.

"멋지죠? 완전 새롭게 변한 걸, 여러분도 느끼실 겁니다. 그래서 '미용은 예술'이라는 말을 하는 거지요. 모델을 해 준 학생. 오늘 애썼어요. 관심 있으면 언제든 찾아오세요."

헤어디자이너가 온몸으로 제스처까지 써 가며 열강했다. 수호에게 따뜻한 눈길을 보내는 등 깊은 관심을 보여 주었다. 수호는 가슴이 두근거리고 떨렸다.

"미용사도 멋진 직업이네. 근데 난 자신 없어."

아이들의 웅얼거리는 소리에 수호의 독백이 묻혔다. 하지만 교장 선생님은 분명 보았다. 수호의 눈빛이 변하는 것을. 교장 선생님은 자신도 모르게 안도의 숨을 내쉬었다.

땅거미가 질 즈음 모든 행사가 끝났다. 김철 헤어디자이너가 가져온 장비를 실은 검은 자동차가 운동장을 빠져나가고 있었다. 수호는 길 떠나는 엄마의 뒷모습을 지켜보듯, 자동차가 보이지 않을 때까지 우두커니 바라보았다.

종일 행사를 치르느라 녹초가 된 나침반 선생님에게 교장 선생님이 차를 건넸다.

"고마워요. 오늘 우리 아이들이 보고 들은 게 많을 거예요. 아까 수호 보니까 눈이 반짝거리던 걸요."

"이제 시작일 뿐입니다. 앞으로 더 많은 프로그램으로 아이들을 이끌어야지요."

교장실을 나오다 도서관 불이 켜진 게 눈에 보였다. 부리나케 도서실 문을 열었다. 유주가 도서실 바닥에 죽은 듯 누워 있었다. 눈빛조차 몽롱한 것을 보자 나침반 선생님은 긴장되었다.

"유주야. 웬일이니? 기숙사에 들어가 자지? 어디 아파?"

"선생님. 전 어떡해요. 이대로 땅속으로 들어가고 싶어요."

"유주야, 선생님도 좀 깊이 생각해 볼게. 너무 낙심하지 말자. 참, 이번 프로그램 중에 '공정여행 떠나기 프로젝트'를 만들까 하는데…. 너 때문에라도 빨리 시행해야 할 것 같다. 넌 아빠랑 해외여행도 다녀 봐서 딱 맞을 것 같은데… 일단… 샘이 구체적으로 생각해 볼게. 얼른 들어가."

'공정여행 프로젝트'라. 학교를 그만두는 것도 아닌, 수업의 연장이라니. 좋은 기회인 듯싶긴 하지만, 아리송하다. 유주는 여전히 맥을 놓은 채, 도서관을 나왔다.

유주를 기숙사로 올려 보내고 나오는데 교장 선생님이 다가왔다.

"아무리 생각해도 수호가 변한 게 놀라워요. 모두 선생님 덕분이에요."

교장 선생님이 기분 좋은 듯 밝은 목소리로 말했다. 하지만 나침반 선생님은 조금 전에 올려 보낸 유주의 눈빛이 마음에 걸렸다.

“다 그런 건 아닙니다. 유주는 영 맥을 못 추네요. 달리 방법을 찾아봐야 할 것 같습니다.”

“지난번에 말씀한 ‘공정여행 프로젝트’ 진지하게 생각해 보세요.”

교장 선생님도 걱정인 듯, 그늘진 얼굴로 말을 남긴 뒤, 퇴근했다.

나침반 선생님은 텅 빈 교무실을 나와 두물머리를 바라보았다. 날개학교에 오기 전 수없이 찾던 곳이었다. 늙은 할아버지 나무에게 상담하듯 많은 이야기를 나누었다. 저녁노을이 지기 시작했다. 황홀한 풍경이 눈앞에 펼쳐졌다.

“산 넘어 산이네요. 수호가 변하는가 싶은데… 유주가 힘들어하네요.”

선생님은 나무 할아버지가 곁에 있기라도 한 듯 혼자 중얼거렸다.

“넌, 잘하고 있는 거야. 힘내라. 유주도 자기 길을 찾기 위해 용트림을 하는 거니 걱정 마. 아이들은 자기와의 싸움으로 흔들리며 커 가는 거다.”

안 되겠다 싶은지 나침반 선생님은 교문 밖을 나섰다. 아치형으로 된 교문 옆 화단에서는 온갖 꽃들이 피고 졌다. 냄새가 강하고 독특해 뱀들도 두려워한다는 만수국이 지천이었다. 인도나 네팔 등에서 예배용으로 쓰여선지, 만수국 속 학교가 성지처럼 보였다.

동네 입구까지 걸었다 다시 올라왔다. 학생들이 저녁 식사를 마치고 운동장에서 가볍게 몸을 풀고 있었다. 나침반 선생님이 나타나자, 우르르 몰려들었다. 아이들의 눈길이, 먹이 물고 온 어미 새를 보는 새끼처럼 애절했다. 순간, 나침반 선생님은 기숙사에 혼자 있을 유주가 걱정되었다.

나침반 선생님은 유주가 있는 기숙사를 찾기로 마음먹었다. 그런데 이게 웬일인가! 기숙사를 오르는 길목 전체가 붉게 물들었다. 누군가 꽃잎을 하나하나 따 버린 것이다. 살펴보니 꽃밭에 운동화 발자국이 보였다. 선생님은 흐트러진 꽃잎을 피해 걸었다. 불길한 예감이 스쳤다. 검은 구름이 몰려드는 느낌이었다.

나침반 선생님은 유주의 방황이 몹시 걱정되었다. 섣부른 대안을 내놓을 수도 없었다. 용수철처럼 튀어 나갈까 두려웠다. 시간이 필요하다는 생각이 들었다.

그 사이를 못 참고 수호가 대형 사고를 쳤다.

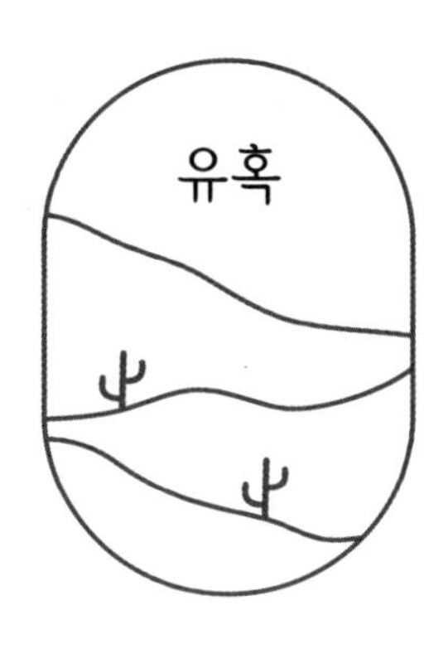

“언제든 미용에 관심 있으면 찾아와라.”

수호는 헤어디자이너의 부드러운 말이 귓가에 맴돌았다. 사물함에 감춰 놓고 몰래 소주를 마실 때보다 더 짜릿했다.

‘내게 왜 그런 말을 했을까. 정말 미용사가 되어 볼까.’

수호는 자리에 누워서도 잠이 오지 않았다. 누군가에게 칭찬을 듣는 것이 그토록 가슴 뛰는 일인 줄 몰랐다.

“수호야, 카톡도 못 보내서 미안해. 실은 나도 매너리즘에 빠져서 힘들었어. 만사가 귀찮았어. 유주가 왜 넋을 놓고 있는지 이해가 되더라고. 너에게는 씩씩한 모습만 보이고 싶어서 소식 못 전한 거야. 세미나 핑계로 널 만날 생각을 하니 기분 좋더라. 학교에 빨리 오고 싶었어. 히잉!”

세미나가 끝난 뒤, 나은이 진지하게 전하던 말도 생각났다. 수호는 나은이 자신을 믿어 주는 것 같아 기뻤다. 무엇을 해도 재미없고, 텅 빈 공간이 나은이가 학교에 오자 꽉 찬 느낌이다.

"미래의 김수호 헤어디자이너! 짜자잔!!"

나은은 입안 가득 음식을 넣은 채, 수호를 비행기 태우며 즐거워했다.

"놀리지 마!"

"아니라니까! 너 정말 건달 같지만 멋있어. 폼만 잡지 마음도 여리고 착한 것도 난 알아. 헤어디자이너 앞에 선 네 모습은 정말 짱이었다니까. 비로소 네 길을 찾은 것 같아. 너한테 내 머리 맡길 테니까 잘해 봐. 알써?"

나은이 통통 물방울 떨어지듯 낭랑한 목소리로 말했었다.

수호는 민망했지만 기분은 좋았다. 수호는 억지로 잠을 청해도 소용이 없었다. 새로운 기운이 가슴속에 솟는 것까지는 좋은데, 이상하게 마음이 간질거렸다. 오래전 호기심으로 본드를 불었을 때처럼.

'나도 정말 변할 수 있을까? 난 쓸모 없는 인간인 줄 알았는데… 괜히 한마디 해 준 말 갖고 내가 너무 오버하는 것 아닐까.'

생각이 많았다. 확실한 건, 이대로 살 수만은 없다는 것이다. 수호는 변화가 필요한 때가 왔다는 걸 느꼈다.

밤이 깊었다. 기숙사 전체가 물 밑에 잠긴 듯 고요했다. 그러나 수호 가슴속에 일렁이는 파도는 여전했다. 동대문에서 사고가 나던 날처럼 마음이 시끄러웠다. 수호는 불안한 마음으로 주머니를 뒤졌다. 차가운 열쇠꾸러미가 손끝에 닿자 짜릿했다. 불현듯 빨간 오토바이가 눈앞에 아른거렸다.

'딱 한 번만! 달리자.'

수호 안에서 누군가 크게 외쳤다. 주체할 수 없을 만큼 강렬한 힘이었다. 수호는 정신을 차리려 입술을 깨물었다. 소용없었다. 수호의 발길은 어느덧 기숙사를 벗어나 마을 입구로 들어섰다.

'이번이 마지막이야!'

마을 중간 지점에 있는 정자 나무에 다다르자, 가슴에서 우당탕, 소리가 들렸다. 다시 돌아가려 뒤를 돌아보았지만 발걸음이 말을 듣지 않았다. 마을은 죽은 듯 고요했다. 멀리서 아스라이 들려오는 개 소리만이 정적을 깼다.

마을 끄트머리쯤에 있는 이장님의 집에 다다랐다. 수호는 바싹 긴장한 얼굴로 돌담에 서서 안을 들여다보았다. 희미한 불빛마저 보이지 않았다. 모두가 잠든 것 같다. 수호는 익숙한 자세로 허름한 창고로 갔다. 빨간 오토바이가 얼굴을 내밀었다. 헉, 수호는 반가우면서도 불안했다. 그럼에도 손은 이미 오토바이에 열쇠를 꽂고 있었다.

부릉, 부아앙!

어둠을 뚫고 오토바이가 속력을 냈다. 금방 마을을 벗어났다. 서울 방향이 아닌, 양평 읍내를 향해 달렸다. 가 보지 않은 길을 달리는 기분 또한 짱이었다. 어둠을 뚫고 달리는 순간만큼은 세상에 겁날 게 없었다.

"오늘로써 끝이잖아. 맘껏 달려! 신나게 달리고 제자리에 갖다 놓으면 되잖아. 문제 될 것 없어. 씨발."

수호는 불안한 마음을 달래기 위해 큰 목소리로 말했다. 양평 읍내로 들어서자, 갑자기 가로등이며 가게마다 환하게 켜 놓은 불빛이 보였다. 술집 간판이 가장 휘황찬란했다. 도망치듯 급히 달리는 자동차도 눈에 띄었다. 수호는 조금만 더 달리다 돌아올 생각으로 세게 페달을 밟았다.

사고가 난 건 찰나였다. 유난히 불빛이 찬란한 곳을 지나치는데, 휘적휘적 오토바이를 향해 다가오는 사람이 있었다. 피하려 안간힘을 썼지만 소용없었다.

"꽈당…."

수호의 온몸이 하늘을 향해 붕 떠올랐다. 잠시 후, 찬 바닥에 얼굴이 닿았다. 수호는 망했다, 싶었다. 사태 파악을 하려는데 눈이 떠지지 않았다. 입안은 찝찌름한 피로 가득했고 온몸이 몰매를 맞은 것처럼 욱신거렸다.

"끄으응, 사… 람… 살… 려."

신음 소리가 들렸지만 눈을 뜰 수 없었다. 수면제를 먹은 것처럼 잠이 쏟아졌다.

눈을 뜨니 사방이 회색 건물이었다. 주위를 둘러보았다. 교장 선생님이 얼굴이며 온몸에 붕대를 감은 수호를 연민 가득한 눈으로 쳐다보았다.

"괜찮니? 넌 어째 내 아들과 사고 치는 것까지 똑같냐."

사고 직후 병실에서 수호를 지켜본 교장 선생님이 꺼칠한 얼굴로 물었다.

"어떻게 된 건가요?"

수호는 욱신거리는 몸을 일으키며 말했다.

"대형사고… 사람을 치고도 암것도 모르는 것처럼 말하네."

"제가 사람을 쳤다구요? 어느 정돈데요?"

수호는 정말 암담했다. 오토바이를 훔쳐 탄 것도 모자라 인명 사고까지 냈으니 인생 쫑났다 싶었다.

"일어났구나! 도대체 넌 어디까지 가려는 것이니? 직업 체험할 때는 뭔가 달라지는 것 같더니… 덜컥 사고를 내고 말았으니."

나침반 선생님이 부스스한 얼굴로 들어오며 야단부터 쳤다. 수호는 갑자기 무서워졌다. 이제는 영락없이 감옥으로 끌려갈 일만 남은 것 같았다.

"얼마나 다쳤어요. 죽지는 않았지요? 선생님."

수호는 초조한 얼굴로 물었다. 나침반 선생님은 한숨을 푹 내쉰 뒤, 교장 선생님에게 보고하듯 사정을 말했다.

"상대방도 술이 많이 취한 상태고 그리 많이 다친 상태는 아니라

다행이긴 한데요. 수호가 지금 보호관찰 중이라… 그냥 넘어가기가 힘든가 봐요. 거기다 이장님까지 화가 단단히 난 상태고요. 김 형사는 당장이라도 조치를 취한다고 어깃장을 놓는데… 교장 선생님 어쩌지요?"

"일단 내가 김 형사와 이장님 만나 설득해 볼게요."

"이번에는 아무래도 힘들 것 같은데요. 수호 몸이 어느 정도 수습되면 소환할 생각인 것 같은데… 어쩌죠? 학교 다른 학생들에게 미치는 영향도 클 것 같고요."

나침반 선생님은 고뇌에 빠진 로댕처럼 심각한 얼굴로 말했다. 수호는 잘못했다는 말조차 꺼낼 수 없었다. 그토록 떠나고 싶은 학교였는데 막상 일이 터지니 불안했다. 부디, 누군가 구원의 손길을 보내 주길 바랐다.

"선생님, 저 마지막으로 딱 한 번만 타고 그만두려고 했어요. 새롭게 미용 일 배우고 싶었어요. 진짜예요. 그런데… 사고가… 난 거예요. 재수 없게."

수호는 쫓겨날 때는 나더라도 진심은 말하고 싶었다.

"어쩌면 좋니? 너를… 쯧쯧."

나침반 선생님은 턱에 손을 괸 채, 깊은 생각에 빠져 있고, 교장 선생님이 연민 가득한 표정으로 수호를 향해 말했다.

"선생님은 일단 아이들 동요를 막아 주세요. 저는 김 형사하고 이장님 만나 선처를 구할 테니…."

병실 문을 나서려는 선생님 앞에 씩씩거리며 들어오는 무리가 있었다. 왠지 불길한 느낌이 들었다. 나침반 선생님과 교장 선생님은 바싹 긴장한 얼굴로 서 있었다. 새벽 공기를 뚫고 온 사람은 이장인 최 씨와 그의 부인이었다.

"이래도 되는 겁니까? 어쩐지 핵교가 동네에 들어설 때부터 께름칙하더니만. 도둑놈을 키우는 핵교 아닙니까?"

이장이 험악한 표정으로 삿대질을 했다. 이장 부인은 수호가 누워 있는 병상까지 가 멱살을 잡았다. 수호는 잔뜩 겁먹은 얼굴이었다.

"네가 수시로 우리 집 오토바이를 훔쳐 타고 돌아댕겼다며? 이 쥐새끼 같은 놈 같으니라고. 내가 잠든 사이 우리 집을 드나들었다는 생각을 하면… 치가 떨리는구먼."

이장 부인은 현장범이라도 잡은 듯 수호의 붕대 감긴 손목을 움켜쥐었다.

"세상에! 말세지. 머리에 피도 안 마른 것이 도둑질이라니. 동네에 이상한 핵교가 들어선다고 했을 때부터 말렸어야 하는 건데. 사정 봐줬더니 저런 양아치 같은 놈들이 동네에 득실거리니. 그동안 오토바이만 훔쳐 갔겠어? 이런 놈은 콩밥을 먹여야 정신을 차린다고. 이참에 핵교도 문을 닫게 하든가. 동네 사람들 공동 성명서를 받아서라도."

이장 부인이 강경한 태도로 말했다.

"죄송합니다. 죄송합니다."

교장 선생님과 나침반 선생님이 정중히 사과해도 막무가내였다. 수호는 침대에서 숨을 죽인 채, 앉아 있었다.

"이건 그냥 넘어갈 문제가 절대 못 돼요. 온 동네가 범죄 소굴이 되는 걸 그냥 두고 볼 수는 없잖아요?"

이장 부인이 목청을 높였다.

"교장 선생님이 모든 책임 진다고 했으니 말해 보시오."

교장 선생님에게 다그치듯 이장이 따졌다.

"모두 우리의 불찰입니다. 용서해 주세요. 수호가 이제 맘 잡고 미용 기술을 배워 보겠다고 했습니다. 딱 한 번만 더 타 보고 끝내려다 사고가 난 겁니다."

교장 선생님과 나침반 선생님이 번갈아 가며 무릎을 꿀 태세로 빌었다.

"이런 싹수 노란 놈은 그냥 두면 안 됩니다. 이보시오. 선생 양반들, 괜히 헛고생하지 말고. 저런 놈은 감옥으로 보내슈. 하긴 교장 선생님 아들도 콩밥 신세였다 자살했다는 소문도 들리더라니. 하여간에 동네가 망조가 들려나. 이게 무슨 흉측한 일들인지. 원."

이장의 독설에 교장 선생님의 얼굴이 하얗게 변했다. 아들 소식도 마을 사람들이 알고 있다는데 적잖이 충격을 받았다. 교장 선생님은 올 것이 오고야 말았다는 절망감이 들었다. 나침반 선생님은 사태가 심각하다는 걸 깨달았다.

"이장님, 밖에 나가서 저와 이야기 좀 하시지요."

나침반 선생님의 손에 끌려 나온 이장과 그의 부인은 여전히 기세가 등등했다.

"내가 이 길로 경찰에도 가고 교육청도 찾아갈 거요. 이번엔 절대 그냥 안 넘어 갈 테니 그리 아슈."

여전히 화가 풀리지 않는지 이장 부인은 하고 싶은 말을 다했다.

"근데 교장 선생님도 들리는 소문이 만만찮던데 사실이슈? 재벌의 세컨드라 이 핵교도 재벌이 세워 줬다는데 사실이유?"

이장 부인이 궁금해 죽겠다는 듯 물었다. 그들은 나침반 선생님도 모르는 교장 선생님의 사생활까지 줄줄 꿰고 있었다. 소문의 강이 둑을 넘어 위태로웠다.

"저… 교장 선생님 아들 이야기는 어찌 아셨습니까?"

"세상에 비밀이 어딨습니까? 자기 자식도 제대로 못 가르친 선생이 무슨 학교 운영을 한다고…. 아무튼 마을에 이 핵교 들어서면서부터 뭔가 불길한 일들이 많은 걸 보면…. 가만있어서는 안 될 것 같다니까…."

"오토바이 사고는 실수였습니다. 다친 사람도 자신이 술에 취해 오토바이를 못 보았다고 진술했고요. 수호는 어떡하든 우리가 잘 지도해 볼 테니 조금만 더 지켜봐 주십시오. 이장님. 죄송합니다."

나침반 선생님은 죄인처럼 두 손이 닳도록 빌었다. 자존심이고 뭐고 없었다. 이장이 원하면 무릎을 꿇을 용의도 있었다. 오직 날개학교가 뿌리내리고 열매를 맺을 수만 있다면, 무엇이든 감당할 마음의 준비는 되어 있다는 모습이었다.

"우리도 호미로 막을 것을 가래로도 막을 수 없을까 봐 걱정되서 이러는 겁니다. 아무튼, 조만간 동네 회의를 열어 보겠시다."

나침반 선생님과 함께 이장과 부인이 병실로 다시 들어왔다.

"수호야, 이장님께 잘못했다고 빌어!"

나침반 선생님이 단호하게 말했다. 수호는 백번이라도 사죄할 수 있었다. 감옥에 가지 않는다면.

"용서해 주세요. 죽을 죄를 졌습니다."

수호는 이 말을 하며 자신도 모르게 목젖이 아파 왔다. 목이 메여 더는 말을 이을 수 없었다. 대신 연신 땅에 머리가 닿도록 고개를 숙여 사죄했다. 이장은 수호를 뚫어지게 바라보았다. 어느 정도 진정성이 느껴졌던 것 같다.

"내 생각해 보겠다. 그렇다고 널 용서한다는 말은 아니다."

이장은 이 말을 남기고 병실을 나섰다. 사냥개처럼 무섭게 달려들던 이장 부인도 마지못해 꼬리를 내렸다. 이장 내외를 배웅하고 돌아오는 나침반 선생님은 실타래처럼 꼬인 일들 생각에 머리가 지끈거렸다.

선생님은 수호가 있는 병실 앞에서 발을 멈췄다. 교장 선생님이 수호와 진지하게 이야기를 나누고 있었다.

"수호야. 너는 보호관찰이 뭔 줄 모르니? 언제든 잘못하면 법의 심판을 받는 거잖아. 한 번 구렁텅이에 빠지면 빠져나오기 힘들다는 것 너도 알지? 그런데 이렇게 덜컥 사고를 치고 말았으니…. 어쩌니 너를… 도대체."

"…."

교장 선생님은 협박이나 힐난조가 아닌 엄마같이 자애로운 목소리로 말했다. 교장 선생님은 수호가 변했다는 것을 알았다. 예전 같으면 차라리 자신을 감옥으로 보내 달라고 소리쳤을 텐데 전혀 다른 모습이다. 겁먹은 얼굴로 자신을 쳐다보는 수호를 보니 아들 생각에 가슴이 찢어졌다.

"그동안은 너무 답답해서 오토바이를 훔쳐서 탔어요. 근데 오늘은 달라요. 진짜 마지막이라 생각했어요. 죄송합니다."

수호가 울먹이자 교장 선생님은 수호의 손을 잡았다.

"교장 선생님. 저 진짜 감옥에 가야 해요? 저… 날개학교에 남아서… 미용사 직업 교육 받고… 싶었는데…."

"일단 치료부터 잘 받고 있어."

잠시 침묵이 흘렀다. 수호는 금방이라도 눈물을 터트릴 것처럼 슬퍼 보이는 교장 선생님의 얼굴을 보자 고개를 들 수 없었다.

"휴, 어쩜 넌 내 아들과 똑같니…."

교장 선생님이 혼잣말처럼 탄식했다. 수호는 교장 선생님의 목소리가 예사롭지 않게 들렸다. 지금까지 사람들은 자신을 양아치, 날라리로 몰아붙일 뿐, 단 한 번도 따뜻한 눈길로 바라본 적이 없었다. 하지만 교장 선생님은 달랐다. 때로는 야단도 치고 심한 말을 할 때도 있지만, 교장 선생님의 말 속에는 애정이 담겨 있었다.

수호는 순간, 한 번도 본 적 없는 엄마가 궁금해졌다. 어떤 사람일까. 엄마는 눈물주머니가 없는 사람일 것 같다. 술주정뱅이에 폭력까지 휘두르는 남편에게 자식을 던져 놓고 떠날 수 있는 사람이니. 수호는 뜨거운 다리미로 얼굴을 민 삼촌보다 핏덩어리인 자신을 버린 엄마가 더 원망스러웠다.

"난, 너를 내 아들처럼 생각한다. 수호야. 학부모님들의 반대에도 불구하고 널 위탁 학생으로 받아들인 것도 어쩌면 내 아들에게 진 빚을 갚고 싶어서인지도 몰라."

"…."

수호는 교장 선생님이 무슨 말을 하는 것인지 몰랐다. 뭔가 사연이 있는 것 같긴 한데 뜬구름 잡듯 돌려 말하니 알 수가 없다. 하지만 교장 선생님이 자신을 특별하게 생각한다는 것만은 알 수 있었다.

"김 형사가 이번에는 절대 안 된다고 난린데…"

교장 선생님이 걱정스런 목소리로 말했다. 수호는 갑자기 불안해졌다. 온 세상이 먹구름으로 가득 찬 것 같았다. 날개학교가 답답해 탈출하고 싶긴 했지만, 감옥에 가고 싶지는 않았다. 두타파에 있는 형이나 패거리처럼 평생 양아치로 살고 싶지는 않았다. 날개학교에서 조금씩 깨달아 가는 중인데 사고가 나다니.

"선생님, 제가 지금 당장 김 형사님 찾아갈게요."

서두르는 수호를 보자 교장 선생님 역시 마음이 급해졌다.

"넌, 며칠 더 병원에 있어야 한다니까. 내가 먼저 김 형사님 만날게."

교장 선생님은 차를 몰고 읍내에 있는 지구대로 들어섰다. 이른 시간이라 그런지 사무실 안이 썰렁했다. 다행히 김 형사는 자리에 있었다.

"교장 선생님께서 이른 시간에 웬일로? 아하! 사고뭉치 수호 때문에 오셨군요. 암튼 대단한 선생님이셔!"

김 형사는 농담 섞인 말로 교장 선생님을 맞았다.

"형사님, 수호가 요즘 많이 변해 가고 있어요. 정말 마지막으로 타고 손 끊으려 했대요. 한 번만 더 선처를…."

"이번에는 정말 힘듭니다. 다른 형사들이 현장에서 사건을 접수한 상태라… 이제 그만합시다. 그냥 법대로 따르면 될걸 뭘 그리 애를 쓰고 그래요?"

"김 형사님, 무슨 방법 없을까요. 상대방도 자기 실수 인정했다면서요? 술이 취해서 오토바이를 못 보고 뛰어들었다고…."

교장 선생님은 연신 굽실거리면 수호에게 불리할 것 같아 조금 세게 나갔다. 김 형사가 어깨를 움찔하며 교장 선생님에게 커피 한 잔을 건넸다.

"다친 사람만 문젠가요? 동네 이장도 절도죄로 몰아붙일 것 같던데… 암튼 피해자들과 합의가 이뤄지지 않으면 곤란해요."

교장 선생님은 '합의'라는 말을 듣는 순간, 아물지 않은 상처가 덧나 얼굴이 화끈거렸다. 그때 만약 '합의'가 이뤄졌다면….

삼 년 전 일이었다. 날개학교를 세우기 위해 부지를 돌고 있는데 계속 전화기가 울렸다. 처음 보는 전화번호였다. 왠지 받고 싶지 않아 그냥 나오려는데 계속 벨이 울렸다. 경찰이었다. 교장 선생님은 불안한 마음을 진정시키며 경찰서로 달려갔다. 사무실에 들어서자 눈에 익은 잠바가 보였다. 얼마 전 아들 생일에 사 준 푸른 잠바였다. 아들이 형사 앞에서 은빛 수갑을 찬 채 조사를 받고 있었다. 형사는 교장 선생님이 온 줄도 모르고 짧은 막대로 아들의 머리를 쥐어박으며 조서를 꾸몄다.

그 모습을 보던 교장 선생님은 가슴이 후들거렸다. 억장이 무너진다는 말이 실감 났다. 형사 앞의 아들은 이미 눈이 풀어진 상태였다. 스포츠머리를 한 형사는 새파랗게 젊어 보였다. 그럼에도 교장 선생님은 젊은 형사에게 깍듯이 고개를 숙였다. 자존심을 내세울 때가 아니었다.

"손철규 엄맙니다. 죄송합니다. 제 탓입니다."

젊은 형사가 교장 선생님의 온몸을 훑었다. 부리부리한 눈매가 예사롭지 않았다. 교장 선생님은 가슴이 덜컥 내려앉았다. 불길한 예감이 번개처럼 스쳐갔다.

"대형사고 쳤습니다. 아드님께서요."

형사가 이죽거렸다. 아들이 천천히 고개를 들었다. 교장 선생님은 공포에 떨고 있는 아들의 눈을 보자 하늘이 내려앉는 것 같았다.

"…."

달리 할 말이 없어 살며시 수갑 찬 아들의 손을 잡았다. 아들의 손이 얼음장처럼 찼다. 교장 선생님은 담당 형사에게 무릎이라도 꿇을 태세였다. 아들만 구할 수 있다면 못할 게 없었다. 그때 외출에서 돌아오던 김 형사와 눈이 마주쳤다. 김 형사는 학교 관내 담당이었다.

"아이쿠, 오셨습니까. 걱정되시겠습니다. 신참 형사가 이번 사건을 맡게 되어서…. 전 달리 도와드릴 수가 없네요. 바빠서 이만…."

김 형사가 자기 말만 하고 자리를 떴다. 교장 선생님은 김 형사의 뒷모습을 물끄러미 바라보았다. 닭 쫓던 개처럼 허허로운 심정이었다.

"여기 사진 보시죠. 폭주족 한 명이 즉사했습니다. 중앙선 침범까지 했네요. 아들이 가장 유력한 용의 선상에 있습니다. 엄마가 교장 선생님이라면서 어쩌다 아들은 저 모양…."

젊은 형사가 힐난조로 말했다.

'니 아들이 얼마나 끔찍한 일을 저질렀는지 똑바로 보라구!'

젊은 형사는 이 말을 하고 싶은지도 몰랐다. 그런데 즉사라니. 그럼 누군가 죽었단 말 아닌가. 젊은 형사는 '즉사했다'는 말을 '넘어졌다'는 말처럼 가볍게 했다. 교장 선생님은 하늘이 빙빙 도는 것 같고 다리가 후들거렸다. 간신히 평형을 유지하려 책상에 손을 얹고, 아들을 보았다.

'엄마, 살려 줘.'

아들의 절박한 심정이 느껴졌다. 교장 선생님은 눈빛만으로도 아들의 내면을 들여다볼 수 있었다. 지금까지는 아들이 크고 작은 사고를 칠 때마다 어떤 수를 써서라도 빼냈다. 그러나 이번만은 절대 호락호락 넘어갈 일이 아닌 것 같았다.

"어쩌다… 이 지경까지 왔니. 도대체… 도대체…."

"엄마, 나 무서워. 무서워. 지수가 죽다니… 나 절대 죽이지 않았어."

아들이 혼이 나간 사람처럼 울부짖었다. 교장 선생님은 수갑을 찬 채 어쩔 줄 몰라 허둥대는 아들을 등 뒤에서 껴안았다. 아들이 격렬하게 떨고 있었다.

"벌건 대낮에 폭주족끼리 지그재그로 까불다 중앙선까지 침범한 겁니다. 그러다 한 놈이 뒤에서 들이받구. 한 놈은 그 자리에서 갔고…. 모두 제정신이 아닌 거지요. 진작 폭주족 싹쓸이했어야 하는데… 요즘은 마빡에 피도 안 마른 것들이 더 무서워요."

담당 형사가 자기 멋대로 꾸민 조서를 내밀며 말했다.

"이… 사진 속의 흥건한 피 보시고 재판할 때 딴소리 마십쇼."

교장 선생님은 형사가 가리키는 사진을 들여다보았다. 노란선 중앙에 쓰러진 오토바이 옆에 한 아이가 피범벅이 된 채 쓰러져 있었다. 교장 선생님은 형체를 알아볼 수 없을 만큼 일그러진 얼굴을 보자 고개를 돌렸다. 너무 끔찍해서 똑바로 바라볼 수조차 없었다. 조서에서 눈을 뗀 뒤, 아들을 바라보았다.

아들은 고개를 숙인 채 여전히 부들부들 떨고 있었다.

'저 아이를 낳지 말았어야 하는 건데.'

평생 따라다니던 죄책감이 스멀거리며 올라왔다. 머리가 깨질 듯 아팠다.

"피해자 부모님은 실신해서 응급실로 실려 갔는데… 아무튼 만나서 합의를 보시면 정상 참작이 될 겁니다만, 기대는 마십시오. 미성년자이긴 해도… 인명 사고라 구속은 면치 못할 겁니다. 오늘은 일단 돌아가십쇼."

젊은 형사는 서류를 뒤적이며 명령하듯 말했다. 모멸감이 밀물처럼 밀려왔다. 하지만 교장 선생님은 자신이 당하는 수모는 얼마든 견딜 수 있었다. 아들만 구할 수 있다면.

"형사님, 아들과 잠시 이야기할 수 있나요?"

"안 됩니다. 유치장 들어가면 면회 되니까. 오늘은 돌아가세요. 자식을 감싸 키웠으니 저 모양이지."

처절하게 매달리는 교장 선생님에게 젊은 형사는 매몰차다 못해 모멸감까지 주었다. 그때였다. 고개를 숙이고 있던 철규가 수갑 찬 손으로 책상을 내리쳤다. 퍽, 하는 소리에 경찰서 안에 있던 사람들의 시선이 일제히 쏠렸다.

"왜 우리 엄마 무시하는 건대? 죄인은 나라구."

아들의 눈에 살기가 등등했다. 형사가 어이없다는 듯 아들을 노려보았다. 교장 선생님은 아들의 수갑 찬 손을 물끄러미 바라보았다. 억장이 무너져 내리는 것 같았다.

"엄마는 괜찮아. 그리고 널 믿어. 잘 견뎌. 내일 올게."

교장 선생님은 차마 아들이 차가운 창살 안으로 들어가는 것까지는 볼 수 없어 밖으로 나왔다. 주체할 수 없이 흐르는 물기를 닦으며 하늘을 보았다. 아들의 눈에서 품어 나오던 독기가, 자신의 평탄치 못한 삶에서 비롯된 것 같아 괴로웠다.

'아이를 낳은 건 나의 이기적인 생각이었던 것 같다. 아빠라는 말조차 해 보지 못하고 산 분노가 내 아들을 폭주족으로 만든 것 아닐까.'

교장 선생님은 경찰서 유치장에 갇힌 아들을 매일 면회하고 나올 때마다 가슴을 쳤다. 아들 대신 죗값을 치르고 싶었다. 아니 할 수만 있다면 아들이 태어나기 이전의 삶으로 돌아가고 싶었다.

"자기 새끼도 제대로 가르치지 못했으면서 대안학교를 세워? 우리가 호랑이 굴에 자식을 떠맡긴 거지. 특별 교육 좋아하시네!"

실은 날개학교를 세운 뒤에도 늘 불안했다. 아들에 대한 이야기가 나올까 전전긍긍했다. 눈만 감으면 학부모들의 아우성이 들려오는 것 같았다.

손바닥만 한 시골 마을이라 삽시간에 소문이 퍼질 것이다. 동네 사람들의 질타는 어떻게 감당할지. 교장 선생님은 이런저런 생각으로 머리가 복잡했다.

"지수가 날 자꾸만 건드렸어. 그날도 난 그냥 달리고 있는데 그 녀석이 내 앞을 자꾸 가로막다가 중앙선까지 침범한 거고…. 난 사고 날까 봐 피하다… 결국… 이렇게 된 거라고. 난 정말 죄 없어. 엄마 몰래 오토바이 탄 죄밖에."

열일곱 살 철없는 아들은 변명을 늘어놓다가도 흐느껴 우는가 하면, 발작을 해 댔다. 머리를 벽에 부딪치며 극도로 불안 증세를 보였다. 짐승처럼 울부짖었다.

"엄마. 지금도 눈만 감으면 지수가 내 목을 조른단 말이야. 무서워. 꿈을 꾸고 있는 것 같아. 근데 엄마, 나 진짜 감옥에 가는 거지. 거기서 영원히 못 나오는 것 아냐? 나 미쳐 버릴 것 같아…. 그냥 콱, 죽어 버리는 게 나아."

유치장에서 검찰로 송치된 후 아들은 더욱 제정신이 아니었다. 말도 횡설수설하고 눈동자도 점점 풀어지고 있었다. 교장 선생님은 아들의 황폐해져 가는 모습을 지켜봐야만 하는 것이 더 힘들었다. 대신해 줄 수 있는 일이 하나도 없기에 더욱 그랬다.

교장 선생님은 시간만 되면 지수 부모님을 찾아다녔다. 두 사람은 교장 선생님을 볼 때마다 냉담했다. 오물이 담긴 바가지를 던지기도 했다.

"무슨 낯짝으로 우리 앞에 나타나는 거야? 내 자식 살려 놔."

지수 엄마가 미친 듯이 절규했다. 교장 선생님은 몇 날 며칠을 찾아다니며 사죄하며 '합의'를 요구했지만 끝내 이뤄지지 않았다.

"합의? 합의 좋아하시네. 내 아들은 죽었는데 누구 좋으라고 합의를 해 줘. 네 아들도 평생 감옥에서 살아야 해. 그래야 지금 내 가슴에 흐르는 피눈물을 알 것 아냐?"

결국 합의는 이뤄지지 않았다. 아들은 날아가던 새들도 두려움에 떤다는 교도소에 수감됐다. 아들은 정신 착란 증상을 보이더니 급기야 스스로 목숨을 끊었다. 그때 교장 선생님도 아들을 따라 세상의 끈을 놓고 싶었다. 그녀를 다시 세운 것은 날개학교를 세우는 일이었다.

'아들에게 진 빚 갚을 기회를 달라고 세운 학교인데… 수호마저 잘못되면 어쩌나.'

학교를 향해 가는 교장 선생님의 마음은 착잡했다. 길가에 핀 개망초꽃이 교장 선생님의 마음을 알기라도 하듯 하얗게 몸을 떨었다.

누렁이들도 학교 분위기가 심상치 않음을 아는지, 꼼짝 않고 앉아 먼산바라기를 하고 있었다.

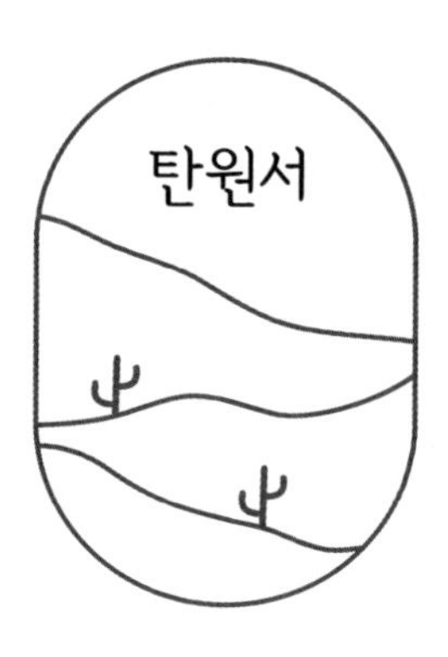

수호는 퇴원과 동시에 읍내 경찰 유치장에 갇혔다. 영장실질검사에 의해 검찰로 송치될지도 모르는 위기에 처해 있다. 피해자와 합의도 잘 안 되었고, 마을 이장의 선처도 없었기 때문이다. 수호는 절벽 위에 선 것처럼 위태로웠다. 날개학교 학생들 또한 벌집 쑤셔 놓은 듯 술렁댔다.

"이러다 학교 이미지 완전 망가지는 거 아냐? 그렇지 않아도 문제아들의 집단이니 뭐니 떠드는데…."

"암튼 수호 때문에 바람 잦을 날 없다니까…."

아이들은 삼삼오오 모여 수군거렸다. 결국은 대책 마련을 위한 학생 전체 회의가 열렸다. 학생들이 다 모이자, 나은이 결의에 찬 얼굴로 앞에 나와 마이크를 들었다.

"수호가 비록 우리와 다르긴 했지만, 나쁜 아이는 아니라고 봅니다. 저는 수호 얼굴에 난 흉터에 대해 말하고 싶습니다. 같이 살고 있는 삼촌이 무조건 수호 얼굴에 다리미를 들이밀었다고 합니다. 수호는 거리로 내몰릴 수밖에 없었습니다. 지금 우리가 수호에게 손을 내밀어 주지 않으면… 수호는 영영 돌아올 수 없는 곳으로 또다시 흘러갈지도 모릅니다."

우선 여기까지 운을 뗀 후, 아이들의 눈치를 살폈다. 대부분 나은의 말에 귀를 기울이고 있다는 것을 알 수 있었다.

"어제 경찰서에서 수호를 만났습니다. 굉장히 후회하고 있었습니다. 정말 마지막으로 한 번만 달리고 싶었다고 합니다. 이번 기회에 우리 모두 수호를 위해 탄원서를 써 보면 어떨까요. 우리 엄마가 직접 담당 형사를 만났더니 탄원서를 보내면 여러모로 도움이 된다고 합니다."

나은은 엄마가 선거에서 연설하듯 목청을 높였다. 나은의 열정적인 발언에 아이들이 우, 함성을 질렀다.

"탄원서가 뭡니까?"

더벅머리가 정말 궁금하다는 투로 말했다.

"수호를 감옥에 보내지 말고 우리와 함께 공부하게 해 달라는 글을 쓰는 겁니다. 각자의 신상을 밝히면서요. 진심은 통한다는 마음으로요."

나은의 설명이 끝나자 모두 행동을 같이할 것을 결의했다. 그런데 한 학생이 일어나 반박 의견을 내놓았다.

"저는 이번 기회에 수호가 학교에서 나가야 된다고 봅니다. 날개 학교가 수호 때문에 손가락질 받는 것 싫습니다. 우리가 언제까지 미꾸라지 한 마리 때문에 흙탕물에서 굴러야 됩니까?"

까치머리를 한 남자아이의 말은 단호했다. 여기저기서 웅성거리는 소리가 들렸다. 이번에는 은우가 일어나 나은의 편을 들어 주었다.

"저도 수호에게 많이 당하긴 했지만, 돕고 싶습니다. 수호는 최근 들어 많이 변했다고 봅니다. 지난번 헤어디자이너가 왔을 때 보여 준 모습은 의외였지요. 눈빛이 달랐고요. 수호에게 다시 기회를 줘야 한다고 생각합니다. 저도 탄원서 쓰기에 동참하겠습니다."

은우의 발언에 모든 학생들이 동조했다. 회의가 끝나자마자 학생들은 조용히 앉아 탄원서를 썼다. 아이들은 수호를 위해 탄원서를 쓰면서 알 수 없는 동질감을 느끼는 것 같았다. 선생님들도 탄원서 쓰는 일에 동참했다. 한편, 나은은 저녁마다 마을 이장의 집을 찾았다.

"이장님. 수호를 한 번만 용서해 주세요. 아저씨가 탄원서 써 주시면 수호가 감옥에 안 간대요. 수호 원래 속은 정말 착한 애예요. 제가 보장할게요. 이장님. 꼭 좀 부탁할게요."

나은은 자기 오빠 일처럼 수호를 구하기 위해 매달렸다. 이장이 귀찮다는 듯 일어나 밖으로 나가면 졸졸 따라나섰다. 마을 회관에 장기를 두는 사람들 곁으로 가면 거기서도 쭈그리고 앉았다, 틈만

나면 매달렸다.

"교장 선생님이 와서 조르더니 학생들까지 와서 진드기처럼 붙으니. 참 나 원. 뭔 일을 할 수가 있나."

이장이 나은의 끈질긴 모습에 두 손을 들었다는 표정으로 말했다. 결국 몇 줄 안 되긴 하지만, 이장도 탄원서를 써 주었다. 교장 선생님께 오토바이 수리비를 두둑이 받았기 때문에 그나마 쉽게 풀어졌는지도 모른다.

나침반 선생님은 오토바이에 치인 피해자를 찾아갔다. 그는 읍내에서 작은 슈퍼를 하는 남자였다.

"사장님. 내 자식이라고 생각해 주십시오. 수호는 부모 없이 할머니 밑에서 자란 아입니다. 잘못을 깊이 사죄하고 있고요. 합의만 해주시면 한 아이가 새로운 인생을 살게 될 것입니다. 제가 책임지고 가르치겠습니다."

나침반 선생님은 친자식이 사고를 친 것처럼 진심으로 빌었다.

"됐어요! 그런 놈들은 세상 무서운 걸 알아야 정신 차린다고요. 나 바쁘니까 어서 가슈."

피해자는 자신이 술에 취해 오토바이로 뛰어들었다는 사실조차 잊은 것처럼 막무가내였다. 나침반 선생님은 포기하지 않고 서서 애원했다.

"좋은 일 하신다고 생각해 주시면 안 될까요. 사장님. 이렇게 빕니다."

나침반 선생님은 급기야 슈퍼마켓 바닥에 무릎을 꿇었다. 피해자가 합의를 해 줄 때까지 자리에서 일어나지 않을 태세였다.

"참… 나… 원. 이런 진드기 같은 선생님이 있나. 부모도 저런 놈은 버리는 세상인데…. 합의금을 왕창 준다면 모를까. 그렇지 않으면 소용없으니 알아서 하슈."

나침반 선생님은 피해자가 돈에 관심이 있다는 걸 알았다.

"사장님 병원비와 치료비 일 못 하신 것, 모두 섭섭지 않게 드리겠습니다."

"지금 내 몸이 정상인 줄 아슈? 일할 사람이 없어 억지로 나왔더니 멀쩡한 줄 아는군요. 후유증이 올 수도 있는데 덜컥 합의해 줬다 내가 당할 고통은 누가 보상해 주나요? 암튼 난 합의 안 할 테니. 콩밥을 먹든 말든 맘대로 해요."

피해자는 강경했다. 아무래도 다른 속셈이 있는 게 분명했다. 나침반 선생님은 교장 선생님과 의논이 필요하다는 생각이 들었다. 나침반 선생님은 할 수 없이 자리에서 일어났다.

"사장님. 내일까지 합의서가 들어가지 않으면 수호가 위험합니다. 한 번만 더 생각해 주십시오. 내일 또 오겠습니다."

나침반 선생님은 정중하게 인사를 한 뒤 가게 밖으로 나왔다. 절로 한숨이 나왔다. 피해자의 합의서가 가장 중요한 것인 줄 알기 때문에 더욱 애가 탔다.

애를 끓이며 다니다 보니 나침반 선생님은 얼굴빛마저 검게 변했다. 그러나 다시 김 형사를 찾아나섰다. 김 형사는 귀찮다는 듯, 나침반 선생님을 못 본 척했다. 나침반 선생님은 물불을 가리지 않고 김 형사에게 달라붙었다.

"형사님. 이번 한번만 선처해 주십시오. 수호 여기서 놓치면 영영 못 구합니다."

"아니, 그 학교는 공부 안 가르칩니까? 좀 전에는 교장 선생님이 와서 진을 빼놓고 가더니만…. 이번에는 선생님까지 이러실 것입니까?"

"형사님. 아버지 같은 마음으로 헤아려 주십시오."

"보호관찰 중에 현장에서 잡힌 범인이라 벗어날 길이 없다고 몇 번 말했어요?"

"그래도 방법을 좀 알려 주십시오."

나침반 선생님이 애타게 부르짖었다. 김 형사는 아주 피곤한 얼굴로 나침반 선생님을 향해 말했다.

"합의서도 받아 내지 못했으면서 나만 왜 들들 볶는 거요? 모든 일에는 절차가 있는 법인데. 실질적인 성의를 보이라고요."

"형사님. 성의를 보이면 수호에게 희망이 있는 거지요?"

나침반 선생님은 한 줄기 빛이라도 발견한 듯 김 형사에게 바짝 매달렸다.

"암튼 수호란 놈은 운이 좋다니까! 내 이십 년 형사 짬밥에 이런 경우는 첨이네. 손을 쓰려면 얼른 가서 합의서나 받아 와요."

김 형사가 가장 중요한 일이라는 듯 조언을 해 줬다. 나침반 선생님은 밖으로 뛰다시피 나와 교장 선생님을 만나 자초지종을 말했다.

"돈을 요구하는 거였군요."

교장 선생님은 창밖을 응시하더니, 조용히 자리에서 일어났다.

"얼른 시내에 같이 나가요. 봇물 터져서 물바다 되기 전에 얼른 막아야지요."

교장 선생님은 은행에 들어가 돈을 뽑아 나침반 선생님에게 전했다.

"이걸로 다시 선처를 구해 보세요. 얼른 합의서가 들어가야지요."

"이래도 되는지 모르겠네요. 이장님 오토바이 수리비도 주시고… 피해자 합의금까지… 너무 부담을 많이 드려서… 어쩌죠. 수호 할머니한테는 말해 봤자 걱정만 끼쳐 드릴 것 같아 선생님께 말씀드린 건데…."

"수호를 구하는 것이 우선이지요. 돈은 나중이에요."

나침반 선생님은 봉투를 들고 다시 피해자를 찾았다.

"사장님, 여기 교장 선생님이 사비로 합의금 준비했습니다. 성의를 봐서라도 용서해 주십시오."

피해자는 누런 봉투를 받자마자 돈을 세었다. 그는 나침반 선생님을 바라보며 비열한 미소를 지으며 말했다.

"내 선생님들 얼굴 봐 합의하겠시다. 그놈을 봐선 콩밥 멕여야 딱인데…"

"고맙습니다. 지금 저와 서에 같이 가 주시면 고맙겠습니다."

나침반 선생님은 피해자를 자동차에 태우고 급히 서로 들어갔다. 김 형사는 피해자를 데리고 들어오는 나침반 선생님을 보며 놀랐다. 피해자는 읍내에서 장사를 하면서도 뻔뻔하기로 소문난 사람이기 때문이다.

"김 사장님, 생각 잘하셨습니다. 같은 지역에 있는 학교 선생님들이 저리 애쓰니 봐주셔야지요."

김 형사가 한마디했다.

"그래서 내가 선심 쓰는 거 아닙니까."

피해자가 합의서에 도장을 찍으며 거들먹거렸다. 나침반 선생님은 비로소 안도의 숨을 내쉬었다. 물론 결과는 두고 봐야 할 일이지만 가장 큰 산은 넘었기 때문이다.

나침반 선생님은 수호를 만나기 위해 옆 건물에 있는 유치장 쪽으로 갔다. 창살 너머에 있는 수호의 얼굴을 보자 목젖이 아팠다.

"지금 많은 사람들이 널 위해 애쓰고 있다. 특히 나은이가 두 발 벗고 나섰다."

"죄송합니다!"

"진심이지? 여러 가지로 신경을 쓰긴 하는데 모르겠다. 보호관찰 중이라 가중 처벌이 될 수도 있고. 이제 검찰에서 어떤 판결이 날지 기다려 보는 수밖에 없다. 암튼 뼈를 깎는 마음으로 반성문 써라. 탄원서하고 같이 제출하면 도움이 될 수도 있으니까. 나 바빠서 간다. 준비할 게 많아."

수호는 나침반 선생님이 바람처럼 다녀가자, 불안했다. 이번에는 피할 길이 없을 것만 같아 더욱 그랬다. 후회는 언제나 한 발짝 늦게 온 손님처럼 돌이킬 수 없다는 생각이 들었다.

'그날 밤 참았어야 했는데… 마지막이라는 유혹을 떨치지 못해서….'

만약에 검찰로 넘어간다면 날개학교와는 영영 이별일지도 모른다는 생각이 들었다. 그토록 지루했던 학교가 지금은 생명의 동아줄처럼 여겨졌다. 특히 나은과 헤어질 생각을 하면 고아가 된 기분이었다.

수호는 자리로 돌아와 반성문을 쓰기 시작했다. 지금까지 건성으로 혹은 장난으로 썼던 것과는 전혀 다른 진심이 담긴 글이었다.

– 반 성 문

저는 나쁜 놈입니다. 그런 나를 향해 사람들은 침을 뱉었습니다. 그럴수록 더 객기를 부렸습니다. 날개학교는 달랐습니다. 선생님들은 벌레 같은 나를 따듯하게 대해 주셨습니다. 가족도 싫어하는 나를 말입니다. 나도 변하고 싶었습니다. 그러나 무엇부터 해야 할지 늘 막막했습니다. 그러다 덜컥 사고를 쳤습니다. 교장 선생님은 물론 나침반 선생님이 나를 구하기 위해 뛰어다니시는 모습을 보며 놀랐습니다. 나를 정말 감옥에 보내지 않으시려는 것 같았습니다. 나같이 꼴통에 사고뭉치를 말입니다. 저는 엄마, 아빠 없이 살았습니다. 삼촌은 저를 원수처럼 여겼습니다. 내 가족은 내가 전과자가 되든, 깡패가 되든 별 관심이 없었습니다.

반성합니다. 만약 제게 기회가 주어진다면, 저도 평범한 아이들처럼 살고 싶습니다. 나쁜 짓 말고, 내가 할 수 있는 일…. 그러니까… 김철 아저씨처럼 멋진 미용사가 되고 싶습니다. 용서해 주세요. 한 번만 더 기회를 주세요.

수호는 밤새 공책 한 권을 다 쓸 정도로 썼다 지우곤 했다. 마음의 표현을 글로 나타내는 것이 이토록 힘든 줄 처음 알았다. 진심이기에 더욱 그랬다.

다음 날, 경찰서 김 형사 책상에는 날개학교에서 온 탄원서가 한 아름이나 되었다. 김 형사는 도리질을 하면서도 탄원서를 한 장 한 장 들춰 보았다.

- 존경하는 검사님께

수호는 불량스런 아이가 아닙니다. 환경이 불우했을 뿐입니다. 수호는 이제부터 변할 것입니다. 멋진 미용사가 될 준비도 되었다고 봅니다. 저도 친구로서 끝까지 돕겠습니다. 제발 수호를 우리 곁으로 보내 주세요.

수호의 절친 우나은 올림

– 눈물로 선처를 구합니다

길가에 버려진 동물도 누군가의 손길이 닿으면 새 생명을 얻습니다. 수호는 어쩌면 유기견보다 더 악조건에서 살아온 잡초 같은 아이일지도 모릅니다. 저는 제 아들에게 못난 어미였습니다. 그 아들을 졸지에 잃고 날개학교를 세운 후, 수호가 제 곁으로 왔습니다. 수호를 바로 서게 만드는 일은 제게 사명이라 생각합니다. 선처를 구합니다. 수호를 저희 학교로 다시 보내 주신다면, 굳건한 보호막이 되겠습니다. 다시는 이탈하지 않도록 최선을 다하겠습니다.

날개학교 교장 이나라 드림

"대단하구먼. 우리 구역에 이런 학교가 있다는 게 정말 놀랍군!"

김 형사는 읽다 만 탄원서를 꾸려서 의논하기 위해 서장실로 들어갔다. 김 형사는 자신이 쓰는 조서가 중요하다는 걸 알기에 신경이 쓰였다. 수호보다는 교장 선생님의 눈물을 알기 때문에 더욱 그랬다.

날개학교 전체가 물 밑에 잠긴 듯 정적이 깃들었다. 유주는 공정여행을 위해 짐을 꾸리면서도 멍하니 운동장을 바라보았다. 전쟁터에서 혼자 도망치는 병사처럼 마음이 편치 않았다. 화단에 피었던 야생화들도 서리 맞은 꽃잎처럼 시들어 가고 있었다. 누렁이 부부도 나른한 오후처럼 늘어지게 잠만 자고 있었다.

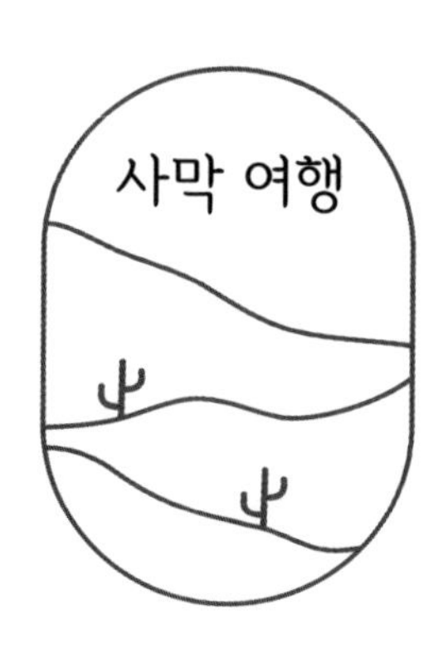

"유주가 많이 힘든가 보구나, 미안. 수호 일 처리하느라 정신이 없었어."

유주는 나침반 선생님 말도 못 들은 척 답이 없었다.

"유주야, 네가 지난번 화단의 꽃잎도 따 버렸니?"

나침반 선생님이 기숙사 구석에 쪼그리고 앉아 있는 유주에게 물었다.

"꽃들이 날 비웃는 것 같아서요."

"네가 단단히 병들었구나. 자신의 문제를 남에게 그것도 애꿎은 꽃잎에게 화풀이를 하는 건… 나쁜 방법인데…."

"죄송해요. 선생님."

그제야 유주는 눈물을 글썽이며 사죄했다.

"됐어. 니가 얼마나 답답하면 그랬겠니. 다른 아이들은 모두 직업 체험 등을 하며 새롭게 뭔가를 찾는 것 같은데… 너만 헤매고 있으니…"

나침반 선생님의 위로도 며칠 가지 못했다. 유주는 낮이고 밤이고 약 먹은 병아리처럼 넋을 놓고 앉아 있었다. 밤에는 검은 바다 같은 운동장을 하염없이 바라보다 터덜터덜 혼자 어둠 속을 걷기도 했다. 늦은 밤까지 홀로 잠 못 드는 아이는 유주뿐이었다. 나침반 선생님의 말대로 '공정여행 프로젝트'에 대해 생각은 했지만 구체적인 방안이 떠오르지 않아 망설였다. 그러던 차에, 나침반 선생님이 유주에게 지도 한 장을 들고 나섰다.

"유주야, 너를 위한 공정여행 프로젝트 안이다."

선생님은 세계 지도와 나침반, 그리고 공정여행에 대한 책을 유주 앞에 내놓았다.

"네가 날개학교 1인 수업 대상인 셈이지. 일단 네가 떠나고 싶은 곳을 여행하며, 보고 듣고 느낀 것을 학교 홈페이지에 올리는 거다. 물론 보고서도 작성해 내야 하고. 그 모든 것은 커리큘럼에 들어가고, 수업을 받은 것으로 학교는 인정하기로 했다. 이 또한 프로그램 시험이니까. 네가 테이프를 잘 끊어야 해."

유주는 선생님이 건넨 책을 보며, 떨리는 목소리로 말했다.

"저도 공정여행에 대한 이 책 모두 읽었어요. 아빠랑도 의논 많이 했구요. 도전해 볼게요. 선생님… 고맙습니다."

"공정여행은 여행자나 관광국 모두에게 필요한 거지. 오염되는 환경을 보호하는 차원에서도 활성화되어야 하고. 암튼 너는 해낼 수 있을 거다. 언제든 샘에게 연락하고. 모든 사람들이 널 지켜본다는 것 잊지 말고."

유주는 다른 친구들의 동요를 생각해 조용히 여행을 떠나기로 했다. 그럼에도 아이들은 유주가 떠난다는 소식에 하나둘 모여들었다.

"유주야, 난 네가 우리 학교에서 가장 큰 고래가 될 거라 믿어. 바다 대신 사막을 떠나는 거지. 학교를 떠나서도 뭔가를 얻을 수 있다는 것을 보여 줘."

나은이 여전히 천진난만한 표정으로 말했다.

"나은아. 난 네가 참 부러워. 무엇이든 잘 적응하는 모습 말야. 난 그게 잘 안 됐어. 여행에서 돌아오면 좀 바뀔까?"

"분명 그럴 거야. 나도 여행 좋아해. 네가 먼저 개척한다고 생각할게. 다음에는 우리 같이 가자. 꼭끼!"

나은이 유주를 꼭 껴안으며 장난스럽게 말했다.

"수호가 학교에 돌아와서 다행이야. 이번 일로 난 네가 의리의 여신이라는 걸 알았어. 덕분에 수호의 꼴통 짓을 못 보게 되어 시원섭섭하지만…."

"호호. 사랑의 힘이지."

나은이 특유의 웃음을 날리며 말했다.

수호는 검찰 송치 직전에 유치장에서 풀려났다. 극적이었다. 그날은 날개학교 전체가 하나로 뭉친 분위기였다. 화단의 시들었던 꽃들도 다시 꽃잎을 나부끼며 수호가 돌아온 것을 축하했다.

"검찰에서 특별히 봐준 거다. 너 하나 때문에 많은 사람들이 신경을 써서 구명 운동을 했기 때문이지. 교장 선생님이 합의금과 수리비 물어 주느라 돈도 많이 썼다는 것도 잊지 마라. 은혜는 살면서 갚으면 되고. 아직 보호관찰 중이라는 것 명심하고."

김 형사는 매부리코를 실룩거리며 수호에게 다짐하듯 말했다. 수호는 할 말이 없었다. 시설에 감금되지 않아도 된다는 것만으로도 하늘을 날 듯 기뻤다. 새 세상이 펼쳐지는 느낌이었다.

"암튼 교장 선생님한테 모든 것을 맡깁니다."

경찰서까지 수호를 데리러 온 교장 선생님에게 김 형사가 다짐하듯 말했다. 교장 선생님은 깊숙이 허리 숙여 인사를 한 뒤 수호를 차에 태웠다.

"수호야, 선생님은 널 믿는다."

교장 선생님의 말에 수호는 콧등이 찡해 왔다. 가슴이 먹먹해 언덕 위의 학교에 다다를 때까지 아무 말도 못했다. 날개학교 정문을 보니 기분이 묘했다. 낯설면서도 친근감이 느껴졌다. 학교에 들어서자 아이들이 몰려들었다. 수호는 고맙다고 말하고 싶지만 내색은 않았다. 갑자기 착한 척한다고 놀림을 당할 것 같아 두려웠다.

나은이 불쑥 두부 한 모를 내밀었다.

"이거 다 먹어야 해. 당장!"

나은의 말에 아이들 모두 손뼉을 치며 외쳤다.

"다 먹어! 다 먹어!"

수호는 민망한 표정으로 두부를 한입에 넣고 우물거렸다. 수호는 아이들 보는 앞에서 두부를 입안에 전부 쑤셔 넣은 뒤, 눈물까지 글썽이며 먹었다.

"수호야. 친구들 앞에서 맹세할 수 있지? 절대 사고 치지 않겠다고."

나침반 선생님의 말에 수호는 말없이 고개만 끄덕였다. 교장 선생님은 두부를 먹고 있는 수호를 훔쳐보며 조용히 교무실로 들어갔다. 그러곤 사무실에 들어와 홀로 눈물을 닦았다.

'사고뭉치여도 좋으니 살아 있기라도 하면 얼마나 좋을까.'

수호는 나침반 선생님과 다른 선생님들 앞에 정중하게 인사를 드렸다.

"고맙습니다. 죄송합니다!"

"김수호! 이제부터 잘할 거지. 그런 의미로 우리 꼭끼 할까?"

나은이 수호에게 장난스럽게 어깨를 살짝 껴안았다.

"와우!"

아이들이 함성을 질러 댔다. 수호의 얼굴에 아이 같은 미소가 번졌다.

그날 저녁 운동이 끝난 후, 수호가 나은에게 다가갔다.

"저… 할 말이 있는데…."

수호가 얼굴까지 붉히며 수줍게 말했다. 나은은 분위기가 예사롭지 않은 걸 눈치챘지만 짐짓 모른 척했다.

"무슨 일?"

수호는 뒷산을 향해 터벅터벅 걸어 올라갔다. 나은은 소리 없이 뒤를 따랐다. 어느 정도 오르자, 쉼터로 만들어 놓은 의자가 보였다. 수호가 갑자기 발길을 멈췄다. 나은도 조용히 서서 마을을 내려다보았다. 땅거미가 피어오르는 마을이 언제나처럼 고요했다. 잠시 침묵이 흘렀다. 찰나였다. 수호가 나은의 손을 잡은 것은. 수호는 나은의 손을 잡은 채, 가슴속을 펼쳐 보이듯 진지한 표정으로 말했다.

"나은아. 고마워. 너 아니면 난 지금 철창행이었을 거야. 구렁텅이서 날 구해 줬어. 네가… 앞으로는 절대 경찰서 문턱에도 가지 않도록 노력할게. 열심히 미용 기술 배워서 너한테 부끄럽지 않은 사람이 될게."

수호는 사실 '너랑 사귀고 싶다'는 말까지 하고 싶었다. 그럴 용기가 없었다. 아니 그 말 때문에 나은이 자신에게서 도망칠까 두려웠다.

"김수호! 오늘 한 말… 내가 녹음했다. 나중에 딴말하기 없기다. 호호."

나은이 어색한 분위기를 피하기 위해 일부러 장난처럼 말했다. 수호는 대답 대신 나은의 손을 더욱 세게 잡았다.

그날을 생각하면 나은은 수호가 확실히 변해 가는 것 같아 기분이 좋다. 그런데 이번에는 유주가 떠난다니, 어떻게 대해야 할지 난감했다. 잡을 수도 없고, 그저 응원할 뿐이다.

유주 또한 잠시 떠나는 것이지만, 왠지 도망자 같던 마음이 나은 덕분에 많이 편해졌다.

"간간이 연락할게. 인터넷이 되는 곳이면 어디서든 블로그에 여행기 올리기로 했어. 댓글 많이 달아 줘."

"물론. 댓글 왕은 나겠지. 돌아올 때 선물 잊지 마."

"좋아, 아프리카에는 상어 이빨이 많다니까… 기대해."

유주의 떠나는 뒷모습을 보며, 친구들은 웃지만 속으로는 울었다. 어쩌면 유주가 영영 학교에서 사라질까 두려웠는지도 모른다. 특히 은우는 더했다. 유주를 잘 알기에 더는 잡을 수도 없었다.

"오늘은 서울 마음 센터에서 미팅이 있단다. 지난번 토의한 내용에 대해 구체적인 이야기를 나눌 예정인데. 은우 너도 같이 가자. 언제까지 그렇게 축 처져 있을 수는 없잖아. 너는 너대로 가야 할 길을 찾아야지."

나침반 선생님이 반강제로 말했다. 선생님다운 발언이었다. 은우는 유주가 떠난 뒤 깊은 슬럼프에 빠져 있었다. 어디를 가나 유주의 숨결을 느꼈다. 텅 빈 유주의 자리를 보면 가슴이 서늘해지면서 아팠다. 게시판에 붙은 유주의 자작시를 볼 때면, 숨을 쉴 수 없었다. 진한 그리움에.

"요즘 김치가 금치라더니 정말 깍두기만 나오네."

식당에서도 유주가 농담처럼 하던 말이 떠오르면 밥을 넘길 수가 없었다. 은우는 목소리라도 듣고 싶어 핸드폰을 켰다 그만두곤 했다. 유주와의 약속이 떠올랐기 때문이다.

"잠시 떨어져 있는 거지만, 다시 만날 때는 좀 더 확고한 자기 길을 찾았으면 좋겠다. 우리 같이 말야."

유주가 아빠의 차를 타기 전에 강하게 말했다.

"유주야. 역시 넌 대단해. 마음먹은 대로 떠날 줄도 알고. 넌 반드시 너만의 길을 찾을 거야. 근데 설마 너 날 네 기억 속에서 지우는 건 아니겠지?"

은우가 진담을 농담처럼 했다.

"난 보이지 않는다고 마음까지 변하는 변절자는 아냐. 너나 조심해. 내가 돌아왔을 때 너도 뭔가를 확실히 보여 줘야 해."

유주가 제법 어른스럽게 말한 뒤, 악수를 청했다. 유주의 손이 뜨거웠다. 은우는 유주가 없는 학교가 사막처럼 쓸쓸했다. 무엇을 해도 재미가 없었다. 그러면서도 유주와의 약속 때문에 마냥 넋을 놓고 있을 수만은 없었다. 더군다나 유주는 지금 아프리카의 뜨거운 태양과 사투를 벌이고 있을 것을 생각하면 정신이 바싹 들었다.

– 사막에서 길을 찾고 싶어. 내일 아프리카 간다. 내게 터닝 포인트의 기회가 되길 빌어 줘.

떠나기 전날 짤막하게 문자가 온 걸 보면 뭔가 새로운 일이 유주에게 일어나고 있는 게 분명하다.

'이제 서서히 늪에서 나와야 해!'

은우는 스스로를 채찍질했다.

"선생님, 저도 데려가 주세요!"

"그래. 잘 생각했다."

반가워하는 나침반 선생님과 마음 센터에 들어가자 이미 대안학교에 관련된 많은 사람들이 와서 차를 마시고 있었다.

"나침반 선생님 왔으니 곧바로 토론에 들어갑시다."

"그동안 늘 논의되어 왔던 학교 간 연계 프로젝트를 당장 실천하는 방안에 대해 좋은 의견 있으신 분들은 말씀해 주시기 바랍니다."

"지난번 말했듯 관심 있는 주제별로 교환 수업을 본격적으로 하면 어떨까 싶어요. 앞으로 이런 제도를 확대했으면 해서 오늘 학생 한 명 데리고 왔어요. 이 학생은 시사 문제를 문화 콘텐츠로 개발하는 일에 관심 있는데 여러 선생님 제자 중에 그런 친구 있으면 저에게 보내 주십시오. 이 친구와 같이 새로운 프로젝트를 하나 만들어 볼까 합니다. 즉 서로의 다리가 되어 주는 길을 찾자는 것이지요."

그러자 개량 한복을 입은 지방학교 선생님이 일어나 질문을 했다.

"문화 콘텐츠라면 구체적으로 어떤 겁니까."

"그리 거창한 것은 아닙니다. 관심 있는 학생끼리 모여 몸으로 부닞치면서 자기 삶에 적용시켜 보자는 의도입니다. 예를 들면 노인 문제에 관한 책을 읽고 토론도 하고 실제로 경로원이나 실버 병원 등에 가 봉사도 하고 견학도 하면서, 작은 책자를 만들어 볼 계획입니다. 현장에서 겪은 것을 쓰면 좋은 자료가 될 것이라 믿습니다."

나침반 선생님이 목이 마른지 물을 벌컥벌컥 들이마신 뒤, 다시 말을 이었다.

"외국의 경우처럼 아이들이 발로 뛴 현장 체험을 보고서로 냈을 경우 그것만으로도 대학을 갈 수 있도록 여러 가지 제도적인 조치를 취할 생각입니다. 좀 더 공부하길 원하는 학생에게 대안을 제시할 수 있어야겠지요."

나침반 선생님의 말이 끝나자 멀리 제천에서 온 선생님이 손뼉을 쳤다. 그러자 다른 선생님들도 동조의 뜻으로 '옳소'를 외쳤다.

"그동안 나침반 선생님이 나름대로 연구하고 준비 많이 하신 줄 압니다. 우리 학교도 교환 학생으로 보낼 만한 아이가 있나 눈여겨보겠습니다."

제천에서 온 선생님이 열정적으로 말했다. 그밖에도 수업에 대해 기발한 아이디어를 내놓은 선생님들도 있고, 현재 대안학교의 문제점 등 다양한 이야기를 나눈 뒤, 회의를 마쳤다. 은우는 여러 목소리를 듣느라 피곤하긴 했지만 희망의 빛이 보이는 것 같아 가슴이 벅찼다.

해질 무렵의 양수리 샛강은 환상적이다. 잔잔한 강 한복판에는 작은 섬이 평화롭게 서 있고 기러기 떼가 한가롭게 날고 있다. 나침반 선생님의 자동차는 달리다 시동이 꺼질까 두려울 정도로 낡았다. 자동차 안 또한 아수라장은 마찬가지. 읽다 만 책이며 지난 신문, 헝클어진 옷가지 등이 지저분하게 널려 있다. 그래도 은우는 낡은 자동차가 나침반 선생님처럼 편안했다.

"오늘 오길 잘 했지? 이제 구체적으로 무엇을 하고 싶은지 곰곰이 생각해 봐라. 아무래도 네가 주축이 되어서 뭔가를 만들어 내야 할 테니까."

석양에 비친 얼굴로 나침반 선생님은 말했다.

"딱히 무엇을 해야겠다고 잡히지는 않아요. 하지만 일단 팀이 형성되면 뭐든 할 수 있을 것 같아요. 재밌을 것 같기도 하구요. 뭔가 나의 힘으로 결과물을 내고 싶은 욕심도 생겨요. 샘."

붉은 노을에 비친 은우의 얼굴에 열정의 불꽃이 활활 타올랐다. 나침반 선생님의 똥차는 낡았어도 쌩쌩 잘도 달렸다. 은우는 왠지 내일은 찬란한 태양이 비칠 것 같았다.

은우는 일주일에 이틀은 서울 마음 센터에 가 각종 문화 행사에 직접 참여하며 자료 수집도 하고 경험을 쌓았다. 주말이면 제천에 있는 대안학교에 가 공동 작업을 하고, 총체적인 마무리를 위한 보고서 등을 썼다. 몸으로 실천한 것을 글과 자료로 남기는 작업을 나침반 선생님에게 혹독하게 훈련받는 중이다.

"지금 참여하고 있는 프로젝트마다 참여한 인원이 각자의 의견과 그간 연구한 것들을 논문 쓰듯 글을 작성해 보기로 한다. 그 결과는 어쩌면 훨씬 많은 것을 너희에게 안겨 줄 것이다. 특히 마을 사람들과 공동으로 작업하면서 농촌 문제에 대해서도 피부로 느낄 것이고. 너희들이 보고 듣고 느낀 것을 진정성을 갖고 표현해 보도록 한다."

나침반 선생님 역시 열과 성을 다해 아이들의 성장을 위해 밤낮을 가리지 않았다. 서리 맞은 배춧잎처럼 축 처졌던 학생들의 모습이 파릇파릇 변해 갔다. 선생님은 무엇보다 각기 다른 희망을 품어 가는 아이들을 보면 대견하다 못해 가슴이 뻐근해질 정도로 벅찼다.

나침반 선생님은 여러 가지 보고를 위해 교장실을 찾았다. 교장 선생님의 얼굴에 드리운 그늘을 보자 걱정이 되었지만 내색은 않았다.

"그간 진행 상황을 좀 말씀드려야 할 것 같아서요."

"네. 선생님 죄송해요. 제가 모든 걸 선생님께 맡기고 뒷짐만 지고 있는 것 같아…. 염치가 없네요. 특별한 일은 없지요?"

"수호는 예전과 많이 달려졌어요. 수업 시간에 빠지지 않는 것만도 큰 변화죠. 유주도 아프리카에 잘 도착한 걸로 알고 있고요. 차차 블로그에 여행기 올릴 것입니다. 다른 학교와의 연계 작업도 잘 진행되고 있구요. 그런데… 한 가지…."

나침반 선생님이 말하기가 힘들다는 듯 뜸을 들였다.

"무슨 일 있나요? 말씀하세요."

"학부모 회의에서 수호 사건 마무리 보고하던 중에, 교장 선생님 아들 이야기가 나왔습니다. 경찰 쪽에 손이 닿는 사람이 있었던 것 같아요."

"세상에 비밀은 없는 법이니까요. 말 안 해도 충분히 알 것 같아요."

나침반 선생님은 몇몇 예민해진 학부모들을 설득하느라 진땀 흘린 것을 생각하면 지금도 등골이 시렸다.

"비싼 등록금 내면서 여기까지 온 건, 날개학교는 일반 학교와는 다른 대안이 있을 거라 믿었거든요. 교장 선생님 면담 때도 분명히 그랬고요. 그런데 교장 선생님 아들이 사고뭉치에 자살까지 했다는 게 말이 됩니까. 자기 아들도 제대로 키우지 못한 교장 선생님이 우리 아이들에게 무슨 말을 할 수 있겠습니까? 당장 전학시켜야겠어요."

얼마 전에 캐나다에서 적응하지 못해 날개학교로 전학 온 슬아 엄마가 흥분을 감추지 못한 채 퍼부었다.

그에 맞장구를 치는 학부모들이 생기면서 분위기는 점점 더 살벌해졌다. 금방이라도 학교 문을 닫아야 할 지경이 될 것만 같았다. 학부모 회의를 맡아 하던 유주 아버지마저 자리에 없고 보니 의견들이 중구난방이었다. 은우 엄마는 언제부터인가 학부모 회의에 나오지 않았다. 아빠도 마찬가지였다. 은우는 엄마가 학부모 회의에서 목청을 높이는 것이 싫었는데, 막상 얼굴이 보이지 않자, 섭섭했다. 완전 아웃당한 느낌이랄까.

그때 나은 엄마가 나와 마이크를 잡고 특유의 카리스마로 학부모를 제압했다. 학부모들은 일제히 나은 엄마의 말에 귀를 기울였다.

"슬아 어머니의 주장에 적극 공감합니다. 우리 모두 비슷한 심정일 거라는 건 누구도 부인 못할 것이고요. 하지만 일단 교장 선생님을 이 학교 수장이기 전에 어머니로 먼저 생각해 주면 좋겠습니다. 교장 선생님인들 아들을 제대로 키우고 싶지 않으셨을까요. 더군다나 지금 교장 선생님은 먼저 떠난 자식을 가슴에 품은 상처까지 안고 있지 않습니까. 자식은 절대 부모 마음대로 안 된다는 것 여러분이 더 잘 알지 않나요. 교장 선생님이 아들 때문에 날개학교에 더 많은 애정과 물질을 쏟아부은 것에 대해서는 인정해야 합니다. 지금은 우리가 같은 어머니의 마음으로 교장 선생님을 믿어 주면 좋을 것 같습니다. 전 솔직히 여기서 더는 우리 딸을 보낼 곳이 없습니다. 그리고 나침반 선생님과 다른 선생님들이 학교 운영에 지장이 없도록 빈틈없이 잘해 나가고 있지 않나요?"

나은 엄마는 열변을 토했다. 잠시 학부모들이 술렁거렸다. 하지만 이내 왠지 탐탁지는 않지만, 나은 엄마의 의견에 동참하자는 쪽으로 결론이 모였다. 슬아 엄마도 어쩔 수 없다는 듯 투덜대면서도 동조했다.

학부모님들이 다 돌아가고 나자 나침반 선생님은 큰 짐을 내려놓은 것 같았다. 적어도 폐교 위기는 넘긴 셈이다. 긴장이 풀리자 나침반 선생님은 어깨가 뻐근해지고 눈이 침침해졌다. 그래도 발걸음은 가벼웠다.

그날의 상황을 들은 교장 선생님은 나침반 선생님의 얼굴을 물끄러미 바라보더니 천천히 입을 열었다.

"선생님. 아무래도 제가 학교에서 물러나야 할 듯싶어요. 날개학교를 이끌어 갈 자신이 점점 없어지네요."

"교장 선생님이 계시기 때문에 저도 나설 수 있는 거지요. 저 혼자는 절대로 날개학교 이끌어 갈 수 없습니다. 선생님 떠나시면 저도 떠납니다."

나침반 선생님의 표정은 단호했다.

"알아요. 제가 선생님에게 얼마나 큰 짐을 드리는지 말입니다. 저를 좀 도와주세요. 제가 그만두어야 학교 명분도 설 거예요. 재정적인 것이나 심적으로는 끝까지 함께 하겠습니다."

나침반 선생님은 교장 선생님을 더는 말릴 수 없다는 걸 직감했다. 한쪽 날개가 떨어져 나가는 듯 허전했다.

나침반 선생님은 교장실서 나와 계단에 앉았다. 어둠 속에서 보는 야생화는 특별했다. 강가에서 불어오는 바람이 시원했다. 밤하늘을 쳐다보았다. 유난히 환한 달빛이 숲속 학교를 비췄다. 달빛 아래서 은사시나무의 은빛 떨림이 황홀할 만큼 아름다웠다. 모든 게

족했다. 하지만 마음 한 켠이 허허로웠다.

"아무래도 내가 학교를 떠나야 할 것 같아요."

교장 선생님의 고뇌에 찬 말이 뇌리를 떠나지 않았다. 빈속에 먹은 마늘처럼 가슴이 쓰리다 못해 아렸다. 학교 전체가 운무 속에 감싸였다.

'운무가 걷히고 나면 맑은 세상이 나오듯, 눈앞의 비바람도 지나가겠지.'

나침반 선생님은 스스로 다독이며 기숙사를 향해 올라갔다. 누렁이 두 마리가 간혹 꼬리를 흔들며 선생님의 기분을 풀어 주려 애를 썼다.

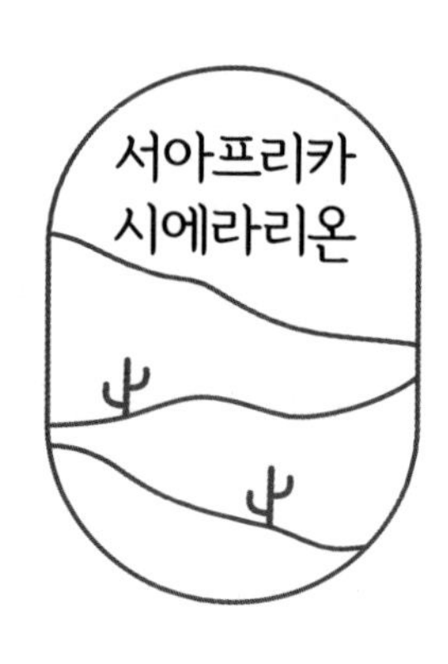

인천 공항서 인도 뭄바이까지 여덟 시간, 뭄바이에서 벨기에까지 아홉 시간, 벨기에서 시에라리온까지 아홉 시간을 거쳐 프리타운 공항에 도착했다. 공항은 작고 초라했다. 후텁지근한 공기 때문에 숨이 막혔다. 제복 입은 공항 직원의 검은 얼굴을 보자 유주는 자신이 아프리카에 왔다는 게 실감 났다. 다른 일행은 예약해 놓은 호텔로 떠나고 둘만 남았다. 아빠는 유주에게 시내 구경을 시켜 주기 위해 게스트 타운을 숙소로 잡았다고 했다.

"여행은 많이 보고 많이 느끼는 게 최고다. 이번 여행은 특히 멋진 사람도 만나게 될 거야."

유주는 아빠의 말이 대수롭지 않게 여겨졌다. 어려서부터 귀에 딱지가 앉을 정도로 많이 듣던 말이기에. 시에라리온의 수도인 프리타운 시내는 생각보다 번화했다. 유주는 아프리카 하면 뿌연 먼지 풀풀 날리는 사막과 맹수들이 우글거릴 것이라고만 생각했는데 아니었다. 제법 높은 건물과 야자수 나무들이 이국적인 분위기를 더했고 간간이 비릿한 바다 냄새가 바람결에 실려 오기도 했다. 그 어디에도 아빠의 아프리카 사진첩에 나오는 배고픈 아이들이 먹는 풀인 독초를 먹는 아이들은 보이지 않았다.

택시가 도심을 지나 변두리에 섰다. 야자수로 가득한 게스트 하우스는 제법 깔끔했다. 방도 넓지는 않았지만 쾌적했다. 침대에 눕자마자 곯아떨어진 아빠와는 달리 유주는 잠이 올 기미가 없었다. 노트북을 꺼냈다. 다행히 전원이 들어왔고 글을 쓸 수 있었다. 유주는 날개학교 홈페이지에 들어갔다. 두고 온 선생님들과 친구들 얼굴을 보니 뭉클했다.

'변덕쟁이. 지루해서 견딜 수 없다고 그리 툴툴대더니. 금방 날개학교의 모든 것이 그리운 건 또 뭐람.'

유주는 자고 있는 아빠의 콧소리에 귀를 막으며 여행기를 올렸다.

여행기 1

도망치듯 떠밀리듯 온 여행이지만, 설레긴 합니다. 방금 아프리카에 도착했습니다. 프리타운은 '자유의 도시'라는 뜻이 담겼답니다. 시에라리온은 아프리카에서 유일하게 가뭄도 없고 땅이 비옥한 나라고. 조금만 더

나가면 끝없이 펼쳐진 대서양도 볼 수 있다니 기대가 됩니다. 지도자만 잘 만나면 세계 관광지가 될 수 있는 나란데…. 부패한 정치인들 때문에 가난을 벗어나지 못한 나라입니다.

시에라리온은 지금 10년간의 내전으로 인한 후유증이 심한 나라고 노동 착취를 당하는 아이들도 많답니다. 그 아이들의 실태를 촬영해 국내에서 모금 방송을 하는 일에 동참하고 있습니다. 저는 여기서 뭔가 새로운 일이 일어날 것만 같습니다. 이미 내 안에 꿈틀대는 그 무엇이 많습니다. 사막에서도 꿈꾸는 고래는 살 수 있다는 걸 보여 드리겠습니다.

다음 날 아침 일찍, 시내에서 렌트한 트럭에는 방송장비며 생필품을 싣고 사람들은 각기 지프차에 나눠 탔다. 온통 돌자갈로 된 길이었다. 시내를 벗어난 지 채 한 시간도 안 되어 눈앞엔 완전 딴 세상이 펼쳐졌다. 문명과 비문명의 세계가 공존하는 것 같았다.

차창 밖을 스치는 마을은 아프리카 사진첩에 들어 있던 풍경과 흡사했다. 나무 등걸이나 바나나 껍질로 얼기설기 만들어 놓은 움막, 사방 어디를 보아도 물이라곤 찾아볼 수 없는 메마른 땅이었다. 울타리조차 없는 집 앞에 쪼그리고 앉아 있는 아이들은 유난히 입술이 새까맸다. 저 아이들도 독초를 먹은 걸까. 유주는 호기심으로 아이들을 쳐다보았다. 아이들은 연신 손을 내밀며 구걸하느라 바빴다.

"give me eat!"

"give me eat!"

유주는 무엇이라도 주고 싶어 주머니를 뒤졌지만 아무것도 없었다. 유주가 안타까워 발을 동동 굴러도 아빠는 묵묵히 운전만 했다.

"아빤 아이들이 불쌍하지도 않아?"

"불쌍하다고 개별적인 행동은 금물이야. 여긴 네팔보다 더 조심해야 해. 개인적으로 도와주다간 큰일 나. 주민들이 서로 받겠다고 아우성을 치는 바람에 깔려 죽은 아이들과 봉사자도 있거든. 본부에서 단체로 배급할 거니까 기다려."

아빠가 담담하게 말했다. 아이들은 손을 내밀며 파리 떼처럼 쫓아왔다. 유주는 일부러 창밖을 내다보지 않았다. 하지만 너무 더워 창문을 열지 않을 수 없었다. 폭염이었다. 창문을 열자 뿌연 먼지가 기다렸다는 듯 달려들었다. 목이 아팠다. 창문 사이로 들어오는 지열로 얼굴이 후끈거렸다.

"아빠, 너무 끈적거려. 나 지금이라도 서울에 돌아가고 싶단 말이야."

아빠는 대꾸도 않고 달렸다. 짜증이 났지만 어쩔 수 없었다. 비포장도로를 털털거리고 산으로 들어가자 막사가 보였다. 막사는 하얀 조개껍데기로 지은 집 같았다. 등대를 발견한 것처럼 반가웠다.

"이미 방송국에서 나와서 만반의 준비를 해 놓았을 거다."

아빠도 힘이 들었던지 맥없이 말했다.

드디어 막사에 도착했다. 사진에서 본 은빛 모래 가득한 사막이 아닌, 돌산으로 둘러싸인 거친 사막이었다. 유주는 자동차에서 내려 기지개를 켰다. 명찰을 단 방송국 스태프들이 분주히 움직였다. 본부석인 막사 앞에는 태극기와 방송국 깃발이 꽂혀 있었다.

"반갑습니다. 어? 예쁜 따님과 동행하셨군요."

"인사드려라. 이번 프로젝트 총지휘를 맡은 팀장님이시다."

"안녕하세요."

고개 숙여 인사를 하자 팀장이 유주의 어깨를 툭툭 치며 웃었다.

"그나저나 팀장님. 얼굴이 벌써 시커멓게 그을렸군요. 도착하신 지 꽤 오래되었나 봅니다."

"보름 전쯤 들어왔습니다. 이제 친선대사님 도착하실 테니 작업 시작해야지요."

분주히 일하던 스태프들도 잠시 일손을 놓고 유주를 반갑게 맞아 주었다. 아프리카 깊은 산속에서 한국 사람을 만나니 기분이 묘했다. 인사를 마친 뒤, 팀장이 정해 준 막사 안으로 들어섰다. 막사 안은 찜통이었다. 불가마가 따로 없었다.

"휴우!"

유주는 토하듯 숨을 내쉬며 막사 밖으로 나왔다.

"질식해 죽을 것 같아요."

유주는 아빠에게 투덜댔다. 아빠는 유주의 말에 대꾸도 않고 사람들과 이야기를 나누느라 정신이 없었다.

"유주라고 했나? 여기선 막사 안이 따뜻한 아랫목처럼 느껴져야 견딜 수 있으니까 빨리 적응하도록 해. 핫하…."

팀장이 농담처럼 말했다. 유주는 농담할 기분이 아니었다.

"물 좀 주세요."

"찬물은 없는데. 이 물이라도 좀 마셔라."

팀장이 건넨 물은 안 먹은 게 나을 뻔했다. 소변처럼 이상한 냄새도 나고 미적지근했다. 그늘을 찾아 막사 뒤편으로 갔다. 샌들을 신었는데도 발바닥이 뜨거웠다. 햇살이 바늘로 찌르는 것처럼 따가웠다. 유주는 양철 지붕 위의 고양이처럼 온몸을 움츠렸다. 셔츠가 땀에 젖어 끈적거렸다. 어쩌다 불어오는 바람도 후텁지근했다. 조금 더 뒤로 가 봤지만 삭막한 돌밭일 뿐 풀 한 포기 보이지 않았다. 갈증이 났다. 얼음 동동 띄운 냉수가 너무나 그리웠다.

친선대사를 태운 자동차가 고장 나 모든 일정이 지연되고 있었다. 드디어 그녀가 도착했다. 갑자기 고요하던 사막에 광채가 나는 것 같았다. 책으로 이미 접한 작가를 아프리카 오지에서 만나다니. 사진작가 아빠의 덕을 톡톡히 본다는 생각이 들었다.

"친선대사님, 고생 많으셨네요. 다치신 데는 없나요?"

사람들이 그녀를 걱정스런 표정으로 바라보며 물었다. 그녀는 전혀 지친 내색이 없었다. 카메라 아저씨들이 땀을 뻘뻘 흘리며 여자가 움직이는 대로 쫓아다니며 찍었다. 무거운 카메라를 들고 다니면서도 발걸음은 가벼워 보였다. 아빠도 연신 셔터를 눌렀다. 갑자기 조용하던 마을이 영화 촬영장이 된 것처럼 활기가 넘쳤다. 그녀는 사람들과 일일이 악수를 하며 이야기를 나누었다.

"유주야, 인사드려라. 구하리 베스트셀러 작가님. 오지나 소외된 사람들 찾아다니며 NGO 활동하면서 쓴… 책 제목이 뭐더라…."

아빠는 책 제목이 생각나지 않는지 더듬거렸다.

"'사막의 눈물'이요."

유주가 말하자, 작가님이 놀란 눈으로 쳐다보았다. 유주도 NGO 활동에 대해 막연하게나마 관심이 있어서 즐겨 읽던 책이었다. 그녀가 소년처럼 해맑은 미소로 유주에게 악수를 청했다. 그녀는 군청색 잠바가 잘 어울렸다. 옷차림도 미소도, 눈빛도 영화배우 빰치게 멋진 작가였다. 현장감이 살아 있어 즐겨 읽은 책인데, 풍기는 분위기마저 멋지다니. 보너스를 받은 느낌이었다.

짐을 풀고 나자 금세 어둠이 온 마을을 뒤덮었다. 구하리 작가가 대형 막사로 들어가자 스텝들도 일제히 제자리로 돌아갔다. 유주는 피곤해 아빠가 들어오기도 전 잠이 깜박 들었다가 아빠가 장비를 들고 들어오는 소리에 잠이 깼다. 깊은 사막이라 노트북이 가동되지 않을 줄 알았는데 방송 특수 장비 때문에 가능하다고 했다. 인터넷도 연결이 되었다.

여행기 2

시내에서 꽤 많이 들어온 곳에 방송 팀이 자리를 폈다. 서울에서는 하루가 길기만 했는데, 여기는 한 시간이 일 초처럼 빨리 지나간다. 모든 게 낯설기 때문인 거 같다. 지금 다른 친구들은 무엇을 하고 있을까. 나처럼 방황하지는 않겠지. 떠나온 지 얼마 되지도 않았고 학교가 싱겁다고 생각했는데 벌써 그립다. 오지에서 유명 인사를 만나니 꿈만 같다. 그녀를 가까이서 보는 순간, 내면에 새로운 기운이 도는 게 느껴졌다. 내일이 기대된다. 날은 덥고 후텁지근하지만. 친구들이 많이 보고 싶다.(특히 은우가)

유주는 자리에 누웠다가 괄호 안에 쓴 글은 아무래도 지워야 할 것 같아 일어나, 노트북을 켰다. 지지직, 소리만 요란할 뿐 화면 전체가 캄캄했다. 특별 장비도 작동이 안 되는 것 같았다. 할 수 없이 잠을 청했다.

아침에 눈을 뜨자 이상하게 날개학교 입학식 날처럼 설렜다. 유주는 주위를 살폈다. 방금 매미 허물처럼 벗어 놓은 침낭이 눈에 보였다. 유주는 맨바닥이나 다름없는 곳에서 곤히 잠들었던 자신이 신기했다. 슬슬 아프리카 사막에 적응되어 가고 있다는 걸 깨닫자, 뜨거운 열기가 온몸을 휘감았다.

"은우야, 넌 좋겠다. 사막을 걸으면서도 널 생각하는 여친이 있으니."

인터넷에서 유주의 글을 읽은 나은이 은우를 보자 호들갑을 떨었다. 은우는 홈페이지에서 유주의 글을 읽으며, 아이들이 놀릴 거라는 걸 짐작했다. 상관없었다. 유주가 진짜 속마음을 보여 준 것만으로도 가슴이 벅찼다.

"그냥… 쓴 걸 거야. 별뜻 없이."

마음과는 달리 은우는 무심한 척 시니컬하게 말했다.

"괜히 변명하려 들지 말고 댓글이나 찐하게 다셔."

은우와 나은은 티격태격하면서도 즐거웠다. 유주가 멀리 떠난 것이 아니라, 지방에 연계 수업을 내려간 것처럼 가깝게 느껴졌기 때문이다.

- 유주야, 뭔가 새로운 일이 일어날 것 같은 느낌. 좋아. 기대한다.

나은은 댓글을 달며 연신 싱글벙글이었다. 옆에서 그 모습을 보던 은우는 댓글을 달까 말까 고민 중이고, 수호는 덩달아 벙글거렸다.

날개학교는 가을 학기를 맞을 준비에 분주했다. 교장 선생님이 떠난 자리가 크긴 하지만, 나침반 선생님이 센터장이라는 이름으로 자리를 대신했다. 요즘 따라 누렁이 부부는 꼼짝 않고 둘이만 붙어 있는 시간이 늘어만 갔다. 누렁이도 아이들처럼 열매를 준비 중인 듯싶다.

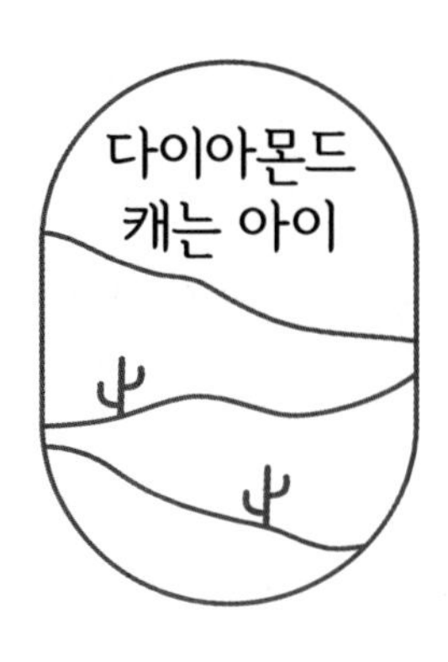

"오늘부터 본격적인 일정 시작이야. 좀 힘들 거다. 음식 안 맞아도 든든히 먹고. 아빠가 일일이 챙겨 주지 못하니까 그런 줄 알고…."

"염려 마세요. 아빠 딸 어린애 아니니까요."

유주는 장난스럽게 말했다.

"허허, 이제 우리 딸이 철이 드는가 보네. 넌 너무 온실에서 자란 걸 깨달아야 해. 이 사막에서 한 달만 견뎌 봐. 혼자 오지 여행 왔다고 생각하면서 지내다 보면 뭔가 보일 거다. 아빠 의지할 생각 말고."

아프리카에 머문 지 며칠 안 되었지만, 아빠 말이 맞을 것 같긴 하다.

"책만 읽는 것보다는 얻는 게 많겠죠?"

"아빤 믿는다. 내 딸이 여기서 얻는 게 분명 많을 거라는 걸."

"식사 시간이 앞당겨졌습니다. 막사 안의 모든 짐을 싸 들고 어서 나오시기 바랍니다."

남자 스태프가 일일이 손 마이크를 들고 다니며 전했다. 유주는 짐을 싸 들고 막사 밖으로 나왔다. 일행은 이미 떠날 채비를 하고 있었다. 국방색 재킷을 입은 그녀는 본부석 앞에서 스태프들과 이야기를 나누다 유주에게 알은체를 했다.

"하이, 잘 잤어? 좋은 하루!"

그녀는 손을 흔들며 경쾌하게 말했다. 유주는 간단한 목례로 인사를 대신했다. 뭐가 저리 신날까. 살아 펄펄 뛰는 물고기처럼 에너지가 넘치는 그녀가 참 경이로웠다. 아빠가 무거운 짐을 든 채, 그녀와 이야기를 나누는 팀에 합류했다.

아침 식사가 끝나자, 팀으로 나누어 이동이 시작되었다. 자동차도 다닐 수 없는 오지 중의 오지였다. 맹수만 없을 뿐 사막이 갖춰야 할 모든 악조건은 다 갖추고 있었다. 간신히 방송 장비만 경비행기에 실어 보내고, 일행은 모두 걸었다. 한 달 내내 사막에 자리 잡은 마을을 돌아다니며 아이들을 만나야 한다니.

"난 죽었다!"

유주는 독백처럼 읊조렸다. 팀에서 정해 준 대로 유주는 작가의 조에 끼여 동행하게 되었다. 그녀는 등에 큰 배낭을 짊어지고 양손에 또 다른 짐을 들고도 힘든 내색 없이 걸었다. 달랑 배낭 하나 맨 유주는 한 끼도 제대로 못 먹은 사람처럼 힘겹게 그녀의 뒤를 따라갔다.

돌산을 걷는 건 엄청난 인내를 요했다. 태양은 머리 위에서 지글거렸고, 바람 한 점 없는 길을 하염없이 걸어야 했다. 얼굴엔 땀이 비 오듯 흘러내렸다. 눈이 따가웠다. 그보다 더 괴로운 건 자꾸만 돌부리에 부딪치는 것이다. 발톱이 빠져나가는 것처럼 아팠다. 비명을 질렀다. 그럴 때마다 그녀가 말없이 유주의 손을 꼭 잡아 주었다. 아빠는 사진을 찍느라 딸의 존재조차도 잊은 사람 같았다.

죽음의 행진은 끝이 없었다. 유주는 이를 악물고 걸었다. 이상한 건 산등성이마다 검은 웅덩이가 보인다는 점이었다. 궁금했지만 그냥 지나쳤다. 새벽에 출발했는데 점심때가 되어서야 작은 마을 하나가 눈앞에 나타났다. 조금 더 마을로 들어가 보니 작은 냇가가 보였다. 오아시스였다. 스태프들이 일제히 소리를 질렀다. 일행은 넓은 바다를 만난 것처럼 흥분했다. 유주도 배낭을 벗어 놓고 물속으로 첨벙 뛰어 들어갔다. 스태프들도 하나둘 따라 들어왔다.

"이 물은 절대 마시면 안 됩니다. 감염될 위험이 많으니 각별히 조심하셔야 합니다. 원주민의 종아리에서 기생충이 기어 나오는 것 보셨지요? 바로 이 물을 먹고 감염되었기 때문입니다."

팀장이 격앙된 목소리로 말했다. 언젠가 텔레비전에서 본 장면이 떠올랐다. 스멀스멀. 마치 몸에서 거머리 같은 벌레가 기어 나올 것만 같았다. 온몸에 오소소 소름이 돋았다. 유주는 괴성을 지르며 물 밖으로 뛰어나왔다. 일행들도 서로 눈치를 보며 슬금슬금 밖으로 나왔다.

일행은 태양을 머리에 이고 걷고 또 걸었다. 돌산으로 둘러싸인 작은 마을이 나타났다 사라지곤 했다. 돌산이 햇빛에 반사되어 은빛으로 반짝였다. 몽환적이었다. 마을은 마냥 평화로워 보였다. 그런데 먹을 게 없어 마을을 떠난 사람이 많다니. 믿어지지 않았다.

땡볕에 앉아 간단히 점심을 먹고 일행은 마을 깊숙이 자리 잡고 있는 광산을 찾아 나섰다. 유주는 다리가 끊어지는 것처럼 아팠다. 그러나 일행 중 누구도 불평하는 사람이 없었다. 드디어 공장 같은 건물이 눈앞에 나타났다. 마법의 성 같은 건물이 광산이라고 했다.

"저 안에서 다이아몬드를 선별하는 작업을 하고 있습니다. 이곳에서 캔 다이아몬드가 전 세계 시장으로 팔려 나가는 거지요. 문제는 아이들의 노동력을 갈취한다는 점입니다."

팀장이 마이크에 대고 조심스럽게 말했다. 처음 듣는 말이라 놀라워하는 유주와는 달리, 일행은 이미 알고 있다는 듯 덤덤했다. 모두 광산 입구에서 발을 멈췄다. 그녀와 팀장이 앞서서 안으로 들어갔다. 일행은 그 뒤를 따랐다. 그녀는 광산의 팀장인 흑인 남자와 뭔가 심각하게 이야기를 나누었다. 약간의 실랑이를 벌인 후, 간신히 안으로 들어갈 수 있었다.

어두컴컴한 동굴 같은 곳으로 들어가자 놀라운 풍경이 눈앞에 펼쳐졌다. 유주는 불현듯 여행기를 쓰고 싶다는 생각이 들었다. 다행히 공장이 있어서인지 인터넷이 연결되었다.

여행기 3

아프리카 동굴에서 본 풍경을 현장 리포터처럼 전할게.

아이들이 흙탕물가에 올챙이처럼 바글바글 들붙어 앉아 있었다. 나는 호기심이 생겨 아이들 곁으로 바싹 다가섰다. 아이들은 금방이라도 쓰러질 것처럼 연약했다. 사진작가인 아빠 사진첩에 나온 아이들보다 더 처참했다. 유난히 입술이 검고 깊은 눈을 가진 여자아이와 마주쳤다. 여자아이는 수줍은 듯 나의 눈을 피했다. 그러곤 광주리에 흙을 떠다가 고여 있는 웅덩이에서 연신 흔들어 대고 있었다.

"저렇게 흔들다 보면 다이아몬드 알맹이가 밑으로 떨어진다는구나. 저 아이들 몸을 한번 살펴봐."

친선대사로 동행한 작가가 말했다. 놀랍게도 아이들 몸에 좁쌀만 한 종기들이 바위에 따개비 붙듯 다닥다닥 붙어 있었다. 징그러웠다. 나도 모르게 온몸을 웅크렸다.

"고작 하루 한 끼 얻어먹으면서 물에서 중노동을 하다 보니 피부가 망가지고 있단다. 웅덩이에서 독성이 흘러나오기 때문이야. 진물로 전염이 된다고 믿기 때문에 일반인들은 아이들 몸에 절대 손을 대지 않지."

작가가 연민이 가득한 목소리로 말했다. 갑자기 머릿속이 하얗게 변하는 것 같았다. 그때였다. 자기 몸의 서너 배 되는 그릇에 흙을 담던 여자아이가 돌부리에 걸려 고꾸라지려 했다. 옆에는 시뻘건 흙탕물이었다. 잽싸게 달려가 여자아이의 손을 잡았다. 손이 얼음장처럼 차가웠다. 가까스로 아이는 중심을 잡았다. 그 아이의 검은 눈과 마주쳤다.

"몇 살이니? 이름은 뭐야?"

친선대사인 작가가 검은 입술에게 물었다. 그러자 그 아이는 잔잔한 눈빛으로 그녀를 보며 말했다. 무척이나 차분한 말투였다.

"사만다예요. 열일곱 살."

사만다는 말을 하면서도 자기 손등과 나를 바라보며 계속 무슨 말인가 떠들었다.

"사만다가 유주가 걸리나 보네. 내가 괜찮다고 해도 막무가내야."

그녀가 말했다. 그녀는 사만다의 손을 잡고 대신 말해 주었다.

"네 손 잡아도 괜찮아. 누구나 전염이 되는 건 아니야. 나도 여기 오면 수많은 아이들과 악수했지만 괜찮단다. 이 손으로 너희들과 같이 밥도 먹고 악수도 해 왔어. 유주도 괜찮을 거야."

그녀가 진지하게 사만다를 설득시켰다. 나는 그녀의 모습을 보면서 가슴에 전율 같은 걸 느꼈다. 알 수 없는 강한 기운이 온몸을 감싸왔다.

'구하리 작가의 진지한 모습은 하루아침에 되는 일은 아닌 것 같아. 동정심도 아닌 것 같고. 저들을 많이 사랑하는 것 같아.'

점점 더 그녀에게 매력을 느꼈다. 검은 입술을 가진 여자아이를 대하는 태도가 테레사 수녀님처럼 숭고해 보였달까. 가슴속에 진한 여운이 감돌았다. 그녀의 말을 듣던 사만다가 조금 안심이 되는지 제자리로 돌아갔다.

다시 일행은 광산 끝을 향해 걸었다. 아이들은 올망졸망 웅덩이에 들러붙어 채질을 하면서도 입으로는 뭔가를 흥얼거렸다. 궁금해서 견딜 수가 없었다.

"아이들이 마치 노래를 부르는 것 같아요."

앞서가는 그녀에게 물었다.

"저 노래의 뜻을 알고 들으면 더 슬프단다."

"무슨 노랜데요."

"'여기가 살만한 곳이라고 생각하나요. 여기가 어떤 곳인 줄 아시나요. 배가 고파요. 먹을 걸 좀 주세요!'라는 뜻이 담긴 곡조란다."

가슴이 먹먹해졌다. 뜻을 알고 나니 아이들의 노래가 장송곡처럼 들렸다.

최대한 빨리 현장 스케치를 한 뒤, 노트북을 덮었다. 안까지 깊숙이 아이들을 보러 들어갔다 다시 나온 일행이 몰려왔기 때문이다. 그녀가 조용히 사만다 곁으로 가더니 손을 잡으며 물었다.

"사만다. 난 너희가 빚 때문에 여기서 일하는 줄 알고 왔어. 빚이 얼마나 되니?"

그녀는 은밀하면서도 단호하게 말했다.

"아빠가 500불을 빌렸어요."

사만다가 눈망울을 깜빡이며 말했다. 유주는 머릿속으로 500불이면 얼마인지 계산하느라 바빴다. 어림잡아 50만 원은 될 것 같다.

50만 원 때문에 노예처럼 살다니. 기가 막혔다.

"사만다. 우리가 총괄적으로 여기 있는 아이들 빚은 갚아 줄 거고, 그밖에 필요한 게 뭔지 말해 봐? 도와줄게."

그녀의 말에 사만다는 할 말이 있는지 입술을 달싹거렸다. 그녀가 재촉을 하자 사만다가 기어들어 가는 소리로 말했다.

"학… 교… 에 다니고 싶어요."

사만다는 고해 성사하듯 나지막이 말했다. 검은 입술에 핏기라곤 없었다. 유주는 사만다가 아주 조심스럽게 말하는 걸 듣는 순간, 망치로 한 대 맞은 것 같았다. 학교에 다니고 싶다고? 사만다가 유주를 뚫어지게 바라보았다. 검은 입술이 유난히 크게 보였다. 저 아이도 독초를 먹은 걸까. 순간, 유주는 형언할 수 없는 감정이 가슴 속에서 요동쳤다.

유주의 집엔 먹을거리가 차고 넘쳤다. 엄마는 딸이 한 끼라도 거르면 큰일이라도 날 것처럼 유난스러웠다. 어쩌다 외출할 일이 생길 때면 유주의 밥부터 챙겼다. 유주는 엄마가 올 때까지 수저조차 들지 않을 때가 많았다. 이미 간식을 먹어 배가 불렀기 때문이다. 그뿐인가.

'내가 그토록 지루해하던 학교를 저 아이는 저토록 다니고 싶어 하다니. 도대체 나는 뭐 하고 있는 거지?'

생각이 여기에 미치자 자꾸만 사만다에게 미안한 생각이 들었다. 잠시 생각에 잠겨 있는 사이, 사만다가 갑자기 유주에게로 성큼성큼 다가왔다. 감시원의 눈치를 보며 유주의 손에 뭔가를 살며시 쥐여 줬다. 그러곤 제자리로 돌아갔다. 유주는 궁금해서 얼른 손을 펴 보았다. 작고 반짝이는 까만 돌이었다. 유주는 가슴이 활활 타오르는 것 같았다. 너무 벅차 숨이 막힐 것 같았다. 그때 감독관이라는 남자가 나타나 사만다를 비롯해, 노예처럼 일하는 아이들을 윽박질렀다. 지켜보고 있던 그녀가 당당하게 나섰다.

"여기에 사만다처럼 빚진 아이들이 많다는 것 알고 왔어요. 우리가 아이들의 빚을 갚아 드리겠습니다. 대신 아이들에게 자유를 주세요. 더는 아이들을 노예처럼 부리지 않겠다는 각서도 써 주시고요."

그녀의 눈은 그 어느 때보다 형형했다. 장정들이 머리를 맞대고 심각한 얼굴로 이야기를 나누었다. 광산 안 전체가 긴장감이 감돌았다. 유주는 집에도 못 가는 것 아닌가, 은근히 걱정이 되었다. 몇 시간이 지나도 협상이 끝나지 않았다.

"일단 오늘은 철수해야겠습니다. 내일 다시 작전을 짜서 광산의 총감독을 만나야 해결될 것 같으니 돌아갑시다."

팀장이 기진맥진한 목소리로 말했다. 일행은 패잔병처럼 다시 오던 길을 돌아왔다. 임시 본부석으로 돌아오는 동안 아무도 말을 꺼내지 않았다. 유주는 연신 사만다가 준 돌을 만지작거리며 걸었다. 검붉은 웅덩이 속에서 말없이 일만 하던 사만다의 모습이 떠올랐다. 구해 줄 방법은 없는 걸까. 애가 탔다.

막사에 들어와 노트북을 켰다. 인터넷이 연결되지 않았다. 유주는 다른 배낭에서 공책을 꺼냈다. 그러곤 엎드려 편지를 썼다.

- 나침반 선생님께

검은색 물감을 칠해 놓은 것 같은 캄캄한 밤입니다. 오늘 낮에 만난 '사만다'라는 여자아이를 생각하면 잠이 안 옵니다. 자세한 이야기는 인터넷이 연결되는 대로 쓰겠습니다.

열일곱 살. 나와 같은 나인데 사만다는 노예처럼 종일 웅덩이에서 다이아몬드를 찾고 있었습니다. 종일 허리 한 번 펴지 못하고 일을 해야만 했습니다. 그럼에도 제대로 돈도 받지 못한다고 합니다.

나는 지금까지 무엇을 하며 살아왔나, 묻지 않을 수 없었습니다. 특히 날개학교에 가 나른한 봄날처럼 축 처져 있던 내 모습이 투영되어 옵니다. 모든 걸 다 가졌으면서도 가진 줄 몰랐습니다. 지금까지 나는 참 배부른 돼지였다는 생각이 들었습니다.

손에 진물이 줄줄 흐르는 아이들과 척척, 악수를 하는 친선대사로 온 구하리 작가님을 보며 NGO 활동가의 삶에 대해 생각하게 되었습니다. 도전해 보고 싶다는 생각이 들었습니다. 선생님, 제게 분명 새로운 기회가 오는 듯싶습니다.

급히 편지를 쓰고 막사 밖으로 나와 앉았다. 마을 전체가 검은 물감을 칠해 놓은 듯 어두웠다. 깊은 오지의 하늘에는 별도 없었다.

바람도 여전히 후텁지근했다. 대신 끈적거리지는 않아 다행이었다. 그때 막사에서 그녀가 부스스한 얼굴로 나왔다. 늘 힘이 넘치던 모습은 간데없고 지친 얼굴이었다. 그러나 유주를 보자 금세 환한 얼굴로 변했다. 놀라운 변신술이었다.

"놀랬지? 여기선 흔한 일이야. 내일은 아이들 구할 거니까 걱정 마. 아까 보니까 밥도 제대로 안 먹던데 이 빵 먹어라."

그녀가 불쑥 빵을 건넸다. 빵이 나무등걸처럼 딱딱했다. 덥기도 하고 별로 식욕이 없어 몇 점 먹다 말았다.

"아직 덜 배고프구나. 아마도 여기서 일주일만 지내면 딱딱한 빵도 스펀지 빵처럼 맛있을걸. 여기선 무조건 주어진 음식은 먹어야 견딜 수 있어."

결코 놀리거나 힐책하는 것은 아니었다. 유주를 걱정해서 하는 말투였다. 그래도 유주는 딱딱한 빵이 입안으로 잘 넘어가지 않았다.

"아빠한테 설핏 들었는데, 학교 생활이 힘든 것 같던데… 왜지?"

그녀는 정말 궁금하다는 표정으로 물었다. 당황스러웠다. 그녀가 자신에게 의외로 관심이 많은 것 같아 의아했다.

"그냥… 모든 게… 지루하고 의미가 없었어요."

"역시 보헤미안 아빠를 둔 딸답네. 그래도 나름대로 이유가 있을 것 같은데."

"글쎄요. 내가 무엇을 잘하는지, 아니 내가 무엇을 하고 싶은지조차 모른 채, 매일 학교만 왔다 갔다 하는 게 힘들었어요. 무엇보다 자유라는 이름으로 무한 방치된 대안학교의 프로그램이 절 힘들게 했고요. 일반 학교와는 다를 거라는 큰 기대를 가졌기 때문에 실망이 더 컸던 것 같아요."

"지금은 괜찮아?"

"길이 안 보여요. 아니 더 힘들어요. 어디로 가야 할지 막막해요."

"그렇다고 낙심하거나 자책할 필요는 없어. 지금부터가 문제지. 유주가 가장 하고 싶은 일이 무엇인지 찾아봐. 천천히. 냉철하게 자신을 파악하면서."

"저 작가님은… 방황한 적 없으신가요?"

유주는 그녀의 삶이 궁금했다.

"난 공부하고 싶어도 형편이 안 되었어. 나중에 결국 공부하긴 했지만. 평생 한이었지. 유주처럼 보호막이 되어 주는 부모님을 둔 친구들이 너무나 부러웠단다."

"영어도 잘 하시던데… NGO로 활동하려면 어떤 절차를 밟아야 해요?"

유주는 어렴풋하게나마 생각했던 NGO 생활이 급격히 관심이 많아졌다. 그녀에게 매력을 느끼면서부터 더욱 그랬다.

"관심 있나 보네. NGO 활동은 약간의 준비만 하면 가능해. 우선은 아프고 힘든 사람들을 돕고자 하는 마음이 중요하지. 자기 일을 하면서도 할 수 있다는 게 장점이고. 요즘은 UN을 통해 NGO 활동을 하는 젊은이들도 많아. 유주도 열심히 준비해서 도전해 봐."

유주는 조금씩 마음의 문이 열리는 것 같았다. 그녀의 담백한 말투와 열정적인 눈빛이 맘에 들었다. 무엇보다 아이들을 구하기 위해 투사처럼 나서던 모습이 잊히지 않았다. 신뢰가 갔고 무슨 말을 해도 통할 것 같았다. 그토록 괴롭히던 더위도 잊을 만큼 그녀와의 대화는 흥미로웠다.

"내일 일찍 광산에 들어가야 하니까 들어가서 쉬도록 해. 참…. 아까 사만다에게 관심이 많은 것 같던데? 우린 사만다와 같은 아이들을 구하기 위해 여기에 온 거야. 낼은 반드시 구할 거야. 다른 광산의 아이들도 구해야 하고…."

그녀는 큰언니같이 푸근한 웃음을 남기고 막사로 들어갔다. 밤하늘의 큰 별 하나가 다이아몬드처럼 반짝였다.

여행기 4

다음 날 아침 역시 푹푹 쪘다. 일행들의 얼굴은 모두 굳어 있었다. 나도 떨리는 가슴으로 일행을 따랐다. 일찍부터 강행군한 덕분에 어제보다 훨씬 더 이른 시간에 광산에 도착했다. 팀장과 그녀는 처음부터 녹록하게 보이지 않으려 애를 썼다.

"총감독님과 협의하게 해 주세요. 이미 재단 측과 협상이 된 상태거든요."

그녀가 어제보다 훨씬 더 센 모습으로 말했다. 그러나 한참을 기다려도 총감독은 나타나지 않았다. 모두 애간장이 탔지만 침착하게 작업하는 아이들을 지켜보았다. 유주는 웅덩이에 앉아 작업하던 사만다와 눈이 마주쳤다. 하지만 서로 바라보기만 할 뿐 아무 말도 못했다. 사만다 같은 아이들이 수시로 채찍질을 당한다는 말이 생각났다. 끔찍했다. 일 분이 하루처럼 길게 느껴졌다. 팀장과 그녀가 수시로 사람들과 협상을 하러 나갔다. 하지만 순조롭지는 않았다. 저들이 터무니없이 아이들의 몸값을 부르는 게 화근이었다.

땅거미가 질 즈음, 몸집이 크고 마피아 두목처럼 생긴 남자가 나타났다. 총감독이었다. 그녀가 전혀 두려움 없이 나섰다. 그녀는 유창한 영어로 총감독과 맞섰다. 가끔 고성이 오가기도 했다. 총감독이 어딘가로 전화를 걸더니 갑자기 꼬리를 내렸다. 급기야 그녀가 가방에서 돈뭉치를 꺼냈다. 총감독이 음흉한 미소를 지으며 돈을 세었다. 돈을 받은 그들은 웅덩이마다 다니며 아이들을 풀어 줬다. 사만다도 도포 자락 같은 옷을 입고 내려오다 나와 눈이 마주쳤다. 어제와는 달리 생기가 돌았다. 가까이서 말할 기회는 없었지만 서로 한참을 마주 보며 웃었다.

지지직. 갑자기 인터넷이 끊겼다. 할 수 없이 유주는 노트북을 배낭에 넣고 일행을 지켜보았다. 협상이 끝나고 아이들은 해방되었다. 사막에 비친 저녁노을은 영화의 한 장면처럼 매우 고혹적이었다. 돌산 위에 걸터앉았던 붉은 노을이 춤을 추듯 넘실댔다. 그녀는 아이들의 손을 잡고 본부석으로 왔다. 그녀가 노예해방론자처럼 보였다. 승전가를 불러야 할 것 같은 분위기였다. 스태프들도 상기된 얼굴로 축제 마당을 준비하느라 바빴다. 아이들의 얼굴에도 홍시 같은 노을빛이 깃들였다.

구하리 작가는 아이들을 일일이 껴안아 주며 빵과 우유를 나눠줬다. 그리고 학용품이 든 가방도 주었다. 웃고 있는 아이들의 얼굴이나 그들을 껴안고 있는 그녀의 모습 모두 천사 같았다. 아이들은 주어진 빵과 우유를 먹으며 스태프들과 이야기를 나누었다. 아이들의 웃음소리가 사막에 잔잔히 울려 퍼졌다. 사만다가 조용히 유주 곁으로 다가왔다. 그 아이는 유주에게 절대 손을 내밀지 않았다. 그러나 온몸으로 유주를 반기고 있다는 걸 느낄 수 있었다. 유주는 다가가 사만다를 살짝 안아 줬다. 둘은 각자의 언어로 말했다. 서로 제대로 알아들을 수는 없었다. 하지만 두 사람은 말보다 더 깊은 언어로 소통하고 있었다.

어느 덧 아이들은 각자의 집으로 돌아가고 돌산 마을에 어둠이 깔리기 시작했다. 유주는 막사로 들어와 오늘 느낀 감동을 글로 남겼다.

은우에게

정말 놀라운 일을 보게 되었다. 우리 팀이 노예의 삶을 사는 사만다에게 자유의 다리를 놓아 주었어.

사만다 같은 아이들의 부모 중에는 아이들이 벌어 온 돈으로 마약을 사 피우며 놀고 있는 사람들이 많단다. 이 땅에 4초마다 한 명의 아이가 전쟁과 기아로 죽어 가고 있고, 매일 3만 5천 명의 아이들이 전쟁의 총알받이와 기아로 죽어 가고 있다는 것을 생각하면 너무 끔찍하지 않니?

그래서 꾸준히 상태를 지켜보는 게 돕는 이들의 일이라고 해. 사만다에게 한 달에 우리 돈으로 3만 원만 보내면 노예로 일하지 않아도 되고 학교도 다닐 수 있다는 말 사실이야. 나도 광고에서 그런 문구 볼 때 믿지 않았거든. 우리가 피자 한 판 먹는 값이면 사만다가 웅덩이 속에서 노동을 하지 않아도… 반성되지? 너도. 나도 그랬어.

은우야, 왠지 내 마음속에 등불이 보이는 것 같아. 내가 해 보고 싶은 일이 생겼어. 돌아가서 구체적으로 이야기해 줄게. 너도 내 생각하지?

아프리카에 머문 시간이 찰나처럼 지나갔다. 이 골짜기에서 저 골짜기로 돌아다니며 또 다른 '사만다'를 구하는 일은 할수록 보람이 있었다. 유주는 더 머물고 싶었지만 아빠의 일 때문에 돌아가야 했다.

유주는 떠나기로 한 전날 밤, 구하리 작가와 많은 이야기를 나누었다.

"덥고 잠자리도 불편하고 먹는 것도 부실한데 잘 견디네."

그녀가 찌아(아프리카에서 먹는 음료)를 건네며 말했다. 검게 그을린 그녀의 얼굴이 건강미가 넘쳐 보기 좋았다.

"작가님. 제가 NGO가 되면 사만다를 다시 만날 수 있겠지요?"

"물론이지. 사만다 같은 아이는 물론 전쟁이나 기근으로 고통 받는 아이들에게 빵을 주며 얻는 기쁨도 누릴 수 있을 거야. NGO 활동은 서로에게 좋은 일이지. 도전해 볼 가치가 충분해. 기대할게. 유주의 활약. 호호."

그녀가 유주에게 힘을 실어 주는 말을 많이 했다. 유주는 가슴이 벅차올랐다.

"NGO가 되려면 아무래도 공부를 많이 해야겠지요? 작가님."

"음… 그런 셈이지. 일단 세계를 돌아다녀야 하니 언어 공부는 필수고. 세계 역사도 알아야 하고… 지식의 창고가 든든해야 누군가에게 퍼 줄 수 있으니까."

유주는 그녀의 한마디라도 잊지 않으려 귀를 쫑긋거리며 들었다.

"이미 유주는 준비가 다 된 거 같은데. 많은 걸 보았고. 책도 많이 읽는 것 같고 말야. 무엇보다 자기 자신에 대해 부딪치며 찾고 있으니…"

"저도 작가님처럼 될 수 있을까요?"

"하하. 나보다 훨씬 멋진 삶을 살 것 같은데…."

유주는 주머니 속의 검은 돌을 만지며 그녀와의 약속을 잊지 않으리라 다짐했다. 사만다가 준 검은 돌을 바라보는 유주의 눈에 광채가 났다. 다이아몬드 빛보다 더 빛나는 순간이었다.

공항에 와 아빠가 절차를 밟는 동안에 유주는 인터넷에 접속했다. 인터넷 사정이 좋지 않아 여행기를 많이 올리지 못했는데 댓글이 많았다. 선생님들도 격려의 글을 올려 주었다. 유주는 가슴이 뜨거워졌다.

– 유주야, 네가 밖에 나가 보고, 듣고 느낀 이야기 나눠 주어서 고마워. 생생하더라. 넌 아버지 덕분에 전 세계를 돌아다니는구나. 부럽다. 난 문화 콘텐츠에 대한 소논문을 발표했어. 오면 보여 줄게.

은우가.

– 하이, 나의 절친 유주! 네가 올린 짧은 여행기 재밌었어. 부럽고. 나도 너를 따라 흑진주를 만나러 가고 싶더라. 네가 와야 날개학교가 날개를 펼 수 있을 것 같아. 너는 우리 학교의 대표 고래잖니. 참 수호도 네가 보고 싶은가 봐. 가끔 네 이야기를 하는 걸 보면. 요즘 수호는 변신 중이야. 미용 쪽에 관심이 많은 것 같아. 물론 나와는 '꼭끼' 사이고. 히히.

나은이다. 글쓴이는.

– 유주야, 역시 믿음을 저버리지 않네. 그 짧은 시간에 진로를 정하다

니. NGO! 말만 들어도 멋지다. 넌 해낼 거야.

나침반 씀

유주는 홈페이지에 올린 글들을 읽으며 생각했다.

'엄마, 아빠 말고 나를 이 땅에서 가장 아끼고 사랑하는 사람들이 모인 곳… 날개. 이제 더는 지루해하지 않을 거다. 상념에 빠져 있을 시간도 없다. 지금부터 준비해야 할 일이 너무 많으니까.'

"시간 다 됐네. 어서 탑승하자."

유주는 아빠가 부르는 소리에 인터넷의 바다에서 빠져나왔다. 다시 고래 옷을 입고 푸른 바다를 헤쳐 나갈 준비를 해야겠다. 갑자기 날개학교의 친구들과 선생님이 보고 싶었다. 홈페이지에서 본 배부른 누렁이의 모습도 궁금했다.

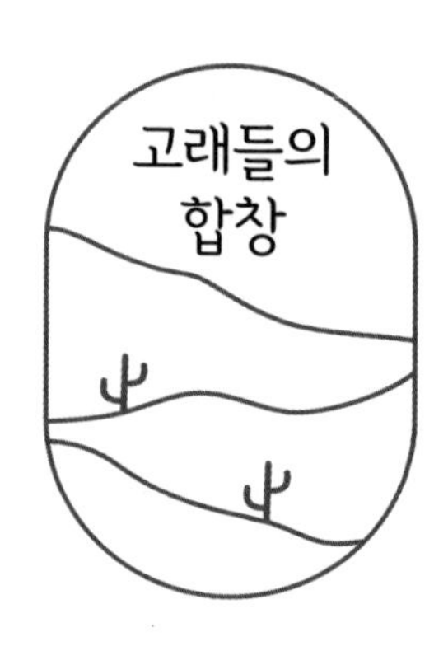

학교 책임자가 된 나침반 선생님 방으로 수호가 노크도 없이 들어왔다.

"선생님, 잠깐 시간 되시나요?"

"지금 네가 시간 빼앗고 있으면서 뭘. 이제 제법 예의도 갖출 줄 알고. 헛허, 무슨 일인데?"

수호는 오토바이 사건 후 놀랍게 변했다.

"할 말이 뭔데?"

나침반 선생님은 불현듯, 어제 문화 콘텐츠 시간에 낸 수호의 글이 떠올랐다. 유치장에서 나와 처음으로 쓴 수호의 글이라 더욱 관심을 갖고 읽었다.

나는 꼴통에 사고뭉치. 존재감이 없는 애다. 학교에서도 집에서도… 나는 태어나지 말았어야 했다. 나도 그런 내가 좆나 싫다.

날 버리고 도망간 엄마… 택시 운전을 하며 간간이 집에 들어오던 아빠마저 소식이 끊긴 지 오래다. 나보다 술을 더 좋아하는 아빠다.

나를 끔찍이도 싫어하는 삼촌에게 복수할 날만을 기다렸다. 힘을 키우기 위해 두타파에 들어갔다. 거기도 삼촌같이 날 괴롭히는 인간이 있었다. 난 그 형에게 바칠 돈을 구하기 위해 도둑질도 하고 자판기도 털고, 삥 치기도 수없이 했다. 두타파에는 별을 단 선배들이 많다. 나처럼 콩가루 집안이 대부분이었다. 그들 속에 있으면 이상하게 비참하지 않았다. 동료 의식이랄까. 아무튼 그랬다.

절도죄로 감별소까지 갔던 내가 5호 처분으로 여기까지 흘러왔다. 날개학교는 엄청 재수 없었다. 이 학교는 모든 게 소꿉장난 같았다.

지금 생각하니 날개학교에는 보이지 않는 힘이 있다. 무엇보다 교장 선생님의 아들이 나처럼 사고뭉치, 문제아였다는 사실에 놀라웠다. 거기다 교장 선생님의 아들이 감옥에서 자살까지 했다니. 너무나 당혹스럽다. (교장 선생님이 나 때문에 학교를 그만두신 것 같아 죄송하다. 합의금도 모두 선생님 돈으로 냈다는 건, 최근에야 알았다.)

문제아는 나처럼 가난하거나 문제 가정에서만 태어난 나 같은 꼴통만 해당되는 줄 알았다. 그게 아니라는 걸 어렴풋이 알게 되었다. 교장 선생님은 나를 아들처럼 생각한다고 했다. 찡했다.

난 힘이 생겼다. 나만이 재수 없고 불쌍한 놈이 아니라는 생각이 들었다. 뭔지는 모르지만 좀 다르게 살고 싶다. 지금부터는.

나침반 선생님은 수호가 이토록 자기 내면을 잘 표현할 줄 몰랐다. 가슴이 뛸 만큼 기뻤다. 수호의 편지 한 장이 날개학교의 존립 이유라고 생각했다. 그런데 수호가 심각한 얼굴로 면담을 요구하니 덜컥 가슴이 내려앉았다. 어디로 튈지 몰랐다

"선생님. 전 아무래도 꼴통이라 공부는 아닌 것 같아요. 머리가 돌질 않아요. 잡생각만 들고. 진짜 저도 미칠 것 같아요."

나침반 선생님은 수호가 자기와의 싸움을 하고 있다는 걸 알 수 있었다. 가슴속에 따뜻한 물이 흐르는 듯했다.

"그건 너만 그런 건 아냐. 대한민국 학생 중에 5퍼센트만 빼고 다 그럴걸. 공부가 좋아서 하는 학생이 어디 있냐. 해야 하니까 하는 거지."

"저… 지난번 오셨던 김철 헤어디자이너님한테 가서 미용 기술 배우고 싶어요."

"음…. 너 그냥 넋두리가 아니었구나. 방법을 찾아보자. 주말을 이용해 미용 기술을 배울 수 있나 의논해 볼게."

수호는 오케이 사인이라도 받은 것처럼 기뻐했다. 콧노래를 부르며 교실로 가는 수호의 발걸음이 그 어느 때보다 가벼워 보였다.

수호가 나간 뒤, 나침반 선생님은 다음 주면 돌아올 유주 생각을

했다. 유주는 아프리카에서 돌아와 쉬면서, 여행기에서 빠진 부분을 정성껏 올렸다. 여행은 '서서 하는 독서'라는 말을 생각하며. 모든 학생들이 읽고, 그 밑에 짧은 감상을 적는 프로그램을 만들었다.

'없는 과정을 만들어 가는 것이 대안 교육 아닐까.'

나침반 선생님은 이제 유주는 물론 다른 학생들의 이어질 프로그램에 대해 구상하느라 머리에 살구꽃이 필 정도로 바빴다. 그래도 피곤치 않았다. 조금씩 아이들 가슴에 새순이 돋고 있는 것이 보이기에.

유주가 아프리카에서 돌아오자, 여름이 훌쩍 지나고 가을의 문턱에 들어섰다. 푸르른 잎들이 오색 단풍으로 물들어 갔다. 유주는 지난 밤, 학교 홈페이지에 여행기 마지막 부분을 올리다 까무룩 잠이 들었다.

새끼 고래 한 마리가 푸른 바다를 헤엄치고 있었다. 새끼 고래는 어딜 가나 암초를 만났다. 새끼 고래는 모든 장애물을 뛰어넘었고, 길 위에서 멘토를 만났다. 아직 대서양까지는 이르지 못했지만 언젠가는 도달할 것이라 믿으며 바다를 헤쳐 나갔다. 그때 어미 고래를 따르기 위해 열심히 헤엄을 치는 한 사람이 있었다. 유주는 저 사람이 누구지? 잔뜩 긴장한 얼굴로 살폈더니 바로 자신이었다.

유주는 꿈에서 깨어 멍하니 앉아 생각에 잠겼다. 계시처럼 느껴졌다. 옷장에서 날개학교 입학식 날 입었던 고래 옷을 다시 꺼냈다. 다음 날, 유주는 아빠가 데려다주겠다는 것을 뿌리치고 혼자 집을 나섰다. 새롭게 단장된 청량리역에는 여행객들로 북적댔다. 단체 여행을 떠나는 사람들이 웃고 떠들고 마시는 모습을 보자 유주도 여행 가는 기분이었다.

'그래. 다시 시작이다.'

그동안 수없이 생각했던 말을 혼자 중얼거리며 양수리 가는 전철을 탔다. 차창 밖으로 내다본 양수리 샛강은 쓸쓸하면서도 수려했다. 오색찬란하게 물든 단풍나무를 품은 강은 아프리카에서 만난 작가의 얼굴처럼 여유로웠다. 연밥을 잔뜩 머금은 연대도 멋졌다. 그림처럼 펼쳐진 발자국 섬도 이국적이었다.

금방 양수리 역에 도착했다. 종점까지 가고 싶었다. 하지만 보고 싶은 얼굴들이 떠오르자 마음이 급했다. 역 밖으로 나오니 전형적인 시골 바람이 기분 좋게 볼을 스쳤다. 하늘도 높고 푸르렀다. 유주를 환영이라도 하듯 하얀 구름이 축하 케이크 모양으로 흘러 다녔다.

유주는 조금 멀긴 하지만 마을버스를 타지 않고 학교까지 걷기로 했다. 황톳길을 따라 오르다 보면 학교가 나올 것이다. 사막을 걷던 것에 비하면 아무것도 아닌 코스다. 휘휘, 마을 구경을 하며 걷다 보니 어느덧 학교 앞이다. 유주는 교문 앞에 적힌 '날자, 날자꾸나, 날개학교'라는 문구를 보자 가슴이 뭉클했다. 방황하다 아버지 앞에 돌아온 탕자가 된 기분이었다.

작고 아담한 운동장은 여전히 포근했다. 정원의 키 작은 나무들이 은은한 미소로 유주를 반겼다. 제법 든든한 울타리로 자란 은사시나무도 마른 가지를 흔들며 인사했다. 멀리서 유주를 발견한 누렁이가 꼬리를 흔들며 강중강중 뛰어나왔다. 어딘가 모르게 변한 것 같았다.

"어, 유주? 반갑다. 구릿빛 얼굴. 좋네."

미리 연락을 받은 나침반 선생님이 유주를 반갑게 맞아 주었다.

"보고 싶었어."

은우가 유주를 보자 두 팔 벌려 반겼다.

"넌, 대학생처럼 변했네."

유주는 키도 크고 얼굴도 더욱 핸섬해진 은우를 보자 가슴이 마구 뛰었다. 사막을 걸으면서도 늘 보고 싶던 얼굴이었다. 지구 반대편에서도 은우가 있었기 때문에 혼자라는 생각을 덜 수 있었다.

은우가 악수를 핑계로 은밀하게 손을 잡아 주었다. 은우는 며칠 전부터 유주가 다시 온다는 소식을 듣고 설렜다. 지난밤엔 한숨도 못 잤다. 유주가 곁에 있다면 지금 연대해서 만들고 있는 프로젝트도 더 멋지게 만들 수 있을 것 같았다. 유주에게 뭔가를 보여 주고 싶다는 욕망이 불같이 일었다. 그런데 정말로 유주가 눈앞에 나타나다니. 은우는 꿈을 꾸고 있는 것만 같았다.

나침반 선생님은 다른 선생님들과 인사부터 하고 나중에 친구들은 만나자고 했다. 교무실도 많이 바뀌었다. 예전보다 훨씬 분위기도 밝아졌고 무엇보다 온갖 꽃들로 가득한 화분들이 많았다.

"그동안 유주가 완전히 숙녀가 되어 버렸네. 얼굴빛도 좋아졌고. 이제 뭔가 해낼 것 같은데."

유주는 불현듯 교장실을 보았다.

"아. 교장 선생님… 그만두신 줄 모르지?"

은우의 메일을 읽을 때와는 달리 콧등이 찡했다.

"선생님과 나중에 차분히 이야기하고 우선은 인사부터 하자. 친구들도 너 온다고 잔뜩 기대감에 부풀어 있던데."

나침반 선생님의 말에 부리나케 교실로 향했다. 떠나던 날의 모습 그대로인 책상을 보자 눈가가 뜨거워졌다. 마치 기다려 준 책상 때문에 자신이 돌아온 것 같았다. 어찌 된 일인지 교실에는 아이들의 그림자조차 보이지 않았다.

'특별 수업인가? 이동 수업 갔나?'

유주는 의자에 앉아 주위를 살피며 생각에 잠겼다.

'입학식… 아프리카로 도망가기… 사막 걷기… 정말 일이 많았네.'

유주는 그간 겪은 소용돌이를 생각하니 아득한 옛날 일 같았다. 유주는 스스로 생각해도 내면의 키가 쑥쑥 자란 것 같다. 흔들리면서 큰다는 말이 실감 났다. 아련히 회상에 젖어 있는데 교실 밖에서 웅성거리는 소리가 들렸다. 곧이어 교실 문을 여는 소리가 들렸다.

"유주야. 진짜 진짜 보고 싶었어."

친구들이 왁자지껄 떠들며 들어왔다. 아이들은 유주를 놀래 주기로 작정을 한 것 같았다. 친구들은 의상이며 소품으로 온몸을 치장한 채 유주를 바라보았다. 잠시 후, 은우가 큰 고래 옷을 입고 겸연쩍은 미소를 지으며 들어왔다. 은우의 지휘하에 아이들은 조용히 노래를 부르기 시작했다. 잔잔하면서도 울림이 강한 노래였다. 아이들 속에는 왠지 쑥스러운 표정으로 노래를 하는 수호의 얼굴도 보였다. 그 곁에 선 나은이 수호에게 연신 장난을 치며 웃고 있었다. 수호와 나은이 오누이처럼 다정해 보였다. 얼마 전에 은우가 보낸 메일이 생각났다.

유주에게

네가 학교에 다시 올 날을 달력에 적어 놓고 손꼽아 기다린다. 그동안 학교도 좀 변화가 있어. 교장 선생님이 사직서를 내시고 해외 봉사 활동을 나가셨어. 또 한 가지. 수호와 화해했다는 말 전하려고.

언젠가 나침반 선생님 수업 시간에 수호가 쓴 글을 듣게 되었어. 엄청 힘들게 살았더라구. 수호 이마의 흉터가 예사롭게 보이지 않더라. 탄원서 쓸 때도 그토록 아픈 사연이 있는 줄 몰랐어. 수업 마치고 내가 먼저 악수를 청했어. 그랬더니 수호가 씩, 웃으며 담배 한 대를 권하더라. (실은 나, 담배 끊는 중인데 그냥 받았어.)

요즘 나은은 창업 준비반을 개설했어. 대학 대신 장사하는 법을 먼저 배우겠다는 거야. 요즘 수호하고 동대문 시장 탐사 다니는 모습이 참 좋아. 암튼, 네가 돌아오면, 날개학교는 다시 활활 불이 붙을 것 같아. 어서 와.

은우의 말대로 수호는 불량기 철철 넘치는 문제아 껍질을 벗은 것 같다. 유주는 수호를 오랫동안 쳐다보았다. 고래 복장을 한 수호가 낯설었다. 유주가 자신을 바라보고 있다는 걸 눈치챘는지 수호가 겸연쩍은 표정을 지었다.

우린 누구나 가슴속에 고래 한 마리를 품고 살지.
아무런 간섭 없이 내키는 대로
푸른 바다를 유영해 제 갈 길을 찾아가는 고래.
고래는 우리의 우상. 철창 없는 감옥은 싫어.
우린 언제든 어디든 길을 찾아 나설 거야.
행복의 나래를 펼치는 그날까지.

아이들은 입학식 날보다 더 진지한 얼굴로 노래를 불렀다. 눈가에 스치는 물기를 몰래 닦는 아이도 간혹 눈에 띄었다. 물결 춤도 여전히 근사했다. 유주는 뜻하지 않은 환영에 가슴이 벅찼다. 친구들 모두가 한 가족 같았다. 아니 피붙이보다 더 진한 동질감을 느꼈다. 단단한 동아줄보다도 더 강한 끈으로 묶인 친구들이었다.

유주가 돌아온 다음 날, 나침반 선생님은 준비해 온 스케줄을 밝혔다.

"근처에 행글라이더 타러 가자. 날개학교 학생 특별 케이스로 예약해 놓았다."

"와아! 역시 짱! 짱! 나침반 선생님."

아이들의 함성이 온 동네에 퍼졌다.

하늘은 맑고 드높았다. 학생들과 선생님들은 소풍 가는 아이처럼 들떠서 '비행학교'에서 보낸 버스에 올랐다. 두물머리를 지나 목적지에 다다르자 행글라이더 학교 조종사들이 일제히 나와 반겼다.

"어서 오세요. 환영합니다."

대표 조종사의 인사가 끝나자 아이들이 함성을 질렀다.

"와우! 난 행글라이더 처음이야. 엄청 타 보고 싶었던 건데. 신난다."

역시 이번에도 나은이 제일 먼저 나섰다. 호기심으로 가득한 눈빛이 귀여웠다.

"조종사님. 하늘에서 얼마나 머무르나요? 오토바이 타는 것만큼 짜릿할까요? 비행 시간은 어느 정돈가요. 오랫동안 하늘을 날면 좋은데…"

이번에는 수호가 제 세상 만난 듯 어깨를 으쓱대며 말했다.

"전, 무서워요. 조종사님과 같이 타면 안 되나요?"

유주는 양손을 비비며 잔뜩 겁먹은 얼굴로 말했다.

"타다가 실패하면 다칠 염려는 없는 거지요?"

은우가 차분한 목소리로 물었다. 나침반 선생님이 자기 성격대로 질문하는 아이들을 지켜보다 말문을 열었다.

"여러분은 잠시 후 두물머리가 보이는 강 위를 날게 될 것입니다. 여러분 마음에도 날개를 달기 바랍니다. 훨훨 어디든 날아갈 마음만 있다면, 무엇이든 두려울 것이 없습니다. 날개는 누가 대신 달아 주지 않습니다. 스스로 날개를 찾아야지요. 학교는 작은 나침반이 되어 줄 뿐입니다. 중심은 여러분 마음입니다. 하늘을 날며… 생각해 보기 바랍니다."

여기까지 말을 마친 뒤, 미리 준비한 종이를 펼쳤다. 학생들의 눈이 일제히 종이에 집중되었다. 나침반 선생님은 양손으로 종이를 높이 들고 선창했다.

"날자, 날자꾸나. 높이 나는 새가 더 멀리, 더 많은 것을 볼 수 있다."

학생들은 느닷없는 선생님의 제의에 버벅댔다.

"구호를 외치는 건, 가슴에 각인하자는 의미니까… 다시 외쳐 봅시다."

나침반 선생님이 다시 끊어 읽듯 구호를 외쳤다.

"날자, 날자꾸나. 높이 나는 새가 더 멀리, 더 많은 것을 볼 수 있다."

비로소 선생님들과 학생들의 목소리가 하나가 되었다. 산골짜기마다 아이들이 외치는 소리가 메아리쳐 울렸다. 비행하던 손님들이 아이들의 함성에 의아한 얼굴로 바라보았다. 곁에서 지켜보던 조종사 대표가 큰 목소리로 말했다.

"자, 그럼 지금부터 비행 체험을 하겠습니다. 한 사람씩 전문가가 붙으니 염려 말고 맘껏 날아 보십시오."

웅성웅성. 아이들은 조종사의 설명을 들으면서도 연신 떠들었다. 수호부터 비행이 시작되었다. 나비처럼 하늘을 날았다. 수호는 오토바이 탈 때보다는 싱겁지만 또 다른 희열을 느꼈다. 곧이어 비행하는 학생이 늘었다. 급기야 울긋불긋 하늘에 사람 꽃이 피었다. 나침반 선생님은 흐뭇한 얼굴로 하늘을 나는 아이들을 바라보았다. 날개를 달고 세상을 훨훨 날기를 바라는 마음으로. 두물머리의 할아버지 나무도 아이들의 비행을 보며 소리 없이 웃었다.

그날, 텅 빈 날개학교를 지키던 누렁이가 네 마리의 새끼를 낳았다. 하늘을 날고 돌아온 아이들은 깜짝 놀라 소리쳤다. 엄마 젖을 빨고 있는 누렁이 새끼들이 너무 귀여웠으므로.

작가의 말

우연히 시골 마을을 지나다, 아름다운 집을 발견했습니다. 알고 보니, 폐가를 수리한 집이었습니다. 골격은 그대로, 내부를 정성 들여 고친 흔적이 역력했습니다. 과거와 현재가 병행하는 집. 세상에 없는 집이었습니다. 참 곱고 독특했습니다.

그때, 퍼뜩 떠올랐습니다. 오래된 원고, 그러나 보석을 캐는 마음으로 쓴 글. 새 집을 짓는 마음으로 정성 들여 수정했습니다. 참신하고 우아한 시골집처럼, 그렇게 거듭나길 빌면서.

저는 "항상 핀 꽃보다도 약속에 찬 꽃망울을, 소유보다 존재를, 완성보다 진보를, 철이 난 나이보다 청소년 시절을 사랑한다." 지이드의 말을 좋아합니다

흔들리며 자라는 아이들 세계를 그리고 싶었습니다. 흔히 '학교 밖 아이들'이라 말하지요. 우리 주변에 유주, 은우, 나은, 수호 같은 아이는 언제나 존재합니다. 그들은 문제아가 아닌 성장통을 앓고 있는 평범한 아이들입니다. 그들이 가는 길을 믿음과 애정으로 봐주고 싶었습니다.

어딘가에 '두물머리 날개학교'가 존재하길 빕니다.

같은 마음으로 재밌게 읽어 주시기 바랍니다. 언제나 좋은 책을 내는 단비 출판사 김준연 대표님. 선뜻 손 내밀어 주셔서 감사합니다.

– 박경희